시민 불복종

시민 불복종

자유인, 헨리 데이빗 도로우의 생애

헨리 데이빗 도로우 外 지음 / 이현주 옮김

당그래

이 현 주

    1944년 충주에서 태어나 감리교신학대학을 졸업했다. 본명은 이현주, 觀玉이라고도 부른다. 목사, 동화작가, 번역 문학가이기도 한 글쓴이는 동·서양을 아우르는 글을 집필하는 한편 대학과 교회 등에서 강의도 하고 있다.

    저서로는 ≪사람의 길 예수의 길≫, ≪한 송이 이름 없는 들꽃으로≫, ≪예수와 만난 사람들≫, ≪이와같이 나는 들었노라(如是我聞)≫, ≪이아무개 목사의 금강경 읽기≫, ≪이아무개의 마음공부≫와 옮겨 적은 '동양의 지혜' ≪물이 없으니 달도 없구나≫, ≪이름값을 하면서 살고 싶다≫(최완택 공저) 외 다수가 있다.

차 례

차 례

1.

시민 불복종

시민 불복종

'가장 적게 다스리는 정부가 가장 좋은 정부이다' 라는 표어에 나는 진심으로 동의한다. 그리고 그것이 빨리 조직적으로 이루어지기를 바란다.

이 말은 결국 "전혀 다스리지 아니하는 정부가 최고이다."라는 데까지 발전되겠는데 나는 그것도 믿는다. 인간들이 준비만 갖추게 되면 언젠가는 그러한 정부를 소유할 것이다. 정부란 그것이 편리한 수단이 될 때에야 좋은 것이다. 그러나 대다수의 정부가 오히려 불편한 것이 되고 또 정부라면 어떤 것이든 한 때엔 불편스런 것이 되기 마련이다.

상비군에 대한 반대들이 많이 있고 또 유력하게 대두되고 있으며 사실 그런 것들은 있어 마땅한 것이기도 하지만, 그러나 그러한 반대들은 결국 상설 정부에 대해서도 제기될 것이다. 상비군이란 다만 상설 정부의 한 개 지체일 뿐이다. 정부란 국민들이 자기들의 의사를 실행하기 위해 선택한 하나의 형식에 불과하지만, 동시에 국민들이 그 정부를 통해 행동할 수 있기 전에 남용되거나 악용될 우려가 충분히 있는 것이다. 지금 계속되고 있는 멕시코 전쟁[1]을 보라. 그것은 상설 정부를 자기들의 도구로 이용하는 몇몇 사람들의 장난이다. 왜냐하면 당초에 국민들은 이 따위 처사를 용납하지 않았을 것이기 때문이다.

이 아메리카의 정부, 그것은 한 개의 전통일 뿐이다. 오래 되지는 못하였지만 그 자신을 손상함이 없이 후대에 넘겨주고자 노력하는, 그러나 그때마다 본래의 모습을 조금씩 잃어가고 있는 한 개의 전통인 것이다. 그것은 한 사람의 살아있는 인간이 가지는 생기나 힘 정도도 가지고 있지 못하다. 왜냐하면 한 인간이 능히 자기의 뜻 아래 그것을 굴복시킬 수 있기 때문이다.

그것은 국민에게 있어서는 일종의 나무총이다. 그러나 그렇다고 해서 불필요한 것도 아니다. 국민은 자기들이 가지고 있는 정부에 대한 이념을 성취시키기 위하여 어차피 어떠한 종류로나 복잡한 기구나 그 비슷한 것을 가져야 하고 그 시끄러운 소리를 들어야 하기 때문이다. 그리하여 정부는 어떻게 인간들이 용이하게 속아 넘어갈

---

1) 멕시코 전쟁(1846~1848) 미국과 멕시코 사이에 영토분쟁으로 벌어진 전쟁. 영토 확장을 꾀하던 미국이 멕시코 땅인 텍사스를 합병한 것이 원인이 되었는데 이 전쟁에서 멕시코는 대패해서 캘리포니아와 뉴멕시코까지 잃고 말았다.

수 있으며 나아가서는 자기들의 이익을 위하여 자신들까지도 속이는가를 보여준다. 참 훌륭한 일이다. 그것만은 인정해야 한다. 그러나 이 정부는 한 번도 자발적으로 사업을 이루어나간 적은 없고, 오직 민첩하게도 그 가야 할 길을 회피할 뿐이었다.

정부가 이 나라의 자유를 지키지는 않았다. 서부를 평정하지도 않았다. 교육도 하지 않았다. 아메리카 국민의 대대로 전해오는 민족성이 이 모든 것들을 성취한 것이다. 그리고 만일 정부가 그들의 일을 간섭하지만 않았어도 그들은 더욱 많은 일을 이루었을 것이다.

왜냐하면 정부란 인간들이 서로를 간섭하지 않고서 잘 살 수 있게 하는 방편이며, 이른바 정부가 가장 쓸모 있을 때는 곧 다스림 받는 자가 가장 간섭을 적게 받는 때이기 때문이다. 상업이나 무역도 그것이 인도 고무로 만들어진 것이 아닌 이상 그들 앞에다 입법자들이 계속하여 갖다 놓는 장애물들을 뛰어넘을 재간이 없을 것이다. 이때 만일 그 입법자들을 그들의 뜻은 살필 것 없이 오직 그 행위의 결과만 놓고 판단한다면 그들은 철로 위에 장애물을 놓는 자들과 다를 바 없는 처벌을 받아 마땅할 것이다.

그러나 한 시민으로서 실제적으로 말하자면 나는 이른바 스스로 무정부주의자라고 칭하는 자들과는 다르다. 나는 지금 정부가 없기를 원하는 것이 아니다. 나는 더 좋은 정부를 원할 뿐이다. 각 사람들로 하여금 자기가 존경할 만한 정부가 어떤 것인가 말하게 하라. 그러면 그것이 그러한 정부를 얻는 첫걸음이 될 것이다.

어쨌든 권력이 한번 국민들 손에 쥐어졌을 때 그들이 다수당의 지배를 그것도 오랫동안 허용하는 것은, 그들이 옳은 듯 보여서도 아니고 또 그렇게 하는 것이 소수당에 공정한 처사로 보여서도 아니다. 그 실제적인 이유는 그들이 결국 가장 강하기 때문이다.

　그러나 사사건건 다수파가 다스리는 정부는 사람들이 이해하는 만큼도 정의에 입각한 것일 수 없다. 옳고 그른 것은 다수자가 아니라 양심이 결정하고 다수자는 다만 어떻게 행사하는 게 편리한 것인가 만을 결정하는, 그러한 정부는 있을 수 없을까?

　시민은 잠시 동안이나 혹은 아주 적은 정도라도 반드시 자기의 양심을 입법자들에게 맡겨야만 하는가. 그렇다면 왜 양심이 모든 사람에게 다 있는가?

　나는 이렇게 생각한다. 우리는 먼저 인간이 되고 그 후에야 다스림을 받는 국민이 되어야 한다. 법률을 정의처럼 존중하는 생각을 길러주는 것은 바람직한 일이 못된다. 내가 마땅히 소유할 권리가 있는 단 하나의 의무, 그것은 곧 내가 옳다고 생각하는 것을 어느 때이건 행하는 것이다.

　협동체에 양심이 없다는 말은 과연 옳다. 그러나 양심적인 인간들의 모임은 양심을 가진 모임이다. 법은 결코 인간을 좀 더 바르게 만들지 못했다. 오히려 법을 존중하다 보니까 착한 사람까지도 나날이 불의를 행하게 되고 마는 것이다. 이 법에 대한 지나친 존중의 일반적이요. 자연적인 결과로 나타나는 것이 우리가 보는 군대의 무리이다. 질서정연한 대열을 지어 언덕과 골짜기를 누비며 전쟁터로 행진하여 나가는 대령, 대위, 하사, 졸병, 소년 화약운반병, 그들 모두는 그러나 자기의 의지에 거스르는 행진을 하고 있는 것이다. 아니 그들은 자기들의 상식과 양심에 거스르고 있음으로 해서 그 행진은 실로 강팍해지고 그들의 가슴은 두근거린다. 그들은 모두 자기가 지금 저주받을 행렬에 가담하고 있음을 의심하지 않는다. 그들은 평화를 원하는 것이다.

그러면 그들은 무엇인가? 도대체 사람일까? 아니면 일부 분별없는 집권자들에게 봉사하는 움직이는 작은 보루나 탄약고인가? 해병 훈련장을 방문하여 해병 한 사람을 보라. 아메리카 정부가 어떤 인간을 만들어내고 있으며 또한 하나의 인간을 그 특유의 요술을 부려 어떻게 요리하고 있는가를 알 수 있을 것이다. 그것은 단지 인간성의 그림자이며 찌꺼기요, 산송장이요, 그보다는 차라리 장송곡과 함께 무장 아래 매장된 인간인 것인바 비록,

우리가 그의 시체를 매장할 때
북소리도 울리지 않았고
장송곡도 들리지 않았다.
우리가 묻은 영웅의 무덤 위에
그 어느 병사도
작별의 예포를 터치지 않았다.

고 말할지라도.

그리하여 그들 군중은 하나의 인간으로서가 아니라 그들의 몸뚱이를 가지고 다만 기계로서 국가에 봉사하는 것이다. 상비군, 의용군, 간수, 경관, 예비군 같은 자들이 바로 그런 자들이다. 대부분의 경우에 있어서 그들에게 비판이나 도덕의식의 자유로운 발표 같은 것은 없다.

그들은 다만 자신들을 나무나 땅덩어리나 돌멩이들과 같은 수준에 놓는다. 그리고 아마 나무로 사람을 깎아서 만들어서라도 그들이 하는 것과 똑같은 목적의 일을 시킬 수도 있을 것이다.

그러한 사람들은 짚으로 만든 인형이나 흙 한 줌 정도의 취급 밖에는 못 받는다. 그들은 단지 말이나 개와 같은 값어치로 인정되는 것이다. 그런데도 보통 이들은 모범 시민으로 간주된다.

그밖에 대다수의 입법자, 정치가, 법률가, 목사, 관리들은 그들의 머리로써 국가에 봉사한다. 그리고 그들은 도덕적 판단에 썩 게으름으로 해서 본의 아니게 악마를 하느님으로 섬기는 것이다.

다만 극소수의 인간들 영웅, 애국자, 순교자, 넓은 의미의 개혁자, 그리고 야인(野人)들만이 양심을 가지고 국가에 봉사한다. 그리하여 그들은 필연적으로 거의 모든 일에 있어서 국가에 항거하게 되며 따라서 국가는 그들을 일반적으로 적대시하는 것이다.

현명한 사람은 하나의 인격으로서만 자기의 몸을 사용할 것이다. 그는 스스로 '진흙'이 되어 '바람구멍을 막는 데' 이용되지는 않을 것이다. 그러한 일들을 죽은 후에 그의 시체가 담당할는지는 모른다.

> 누구의 소유물이 되기에는
> 누구의 더부살이가 되기에는
> 혹은 온 세상 어느 왕국의
> 쓸 만한 종이나 기계가 되기에는,
> 나는 너무나 고귀하게 태어났노라.

이웃을 위하여 자신을 송두리째 주어버리는 사람은 그 이웃들에게 하나의 쓸모없는 이기주의자로 나타난다. 그러나 그들에게 자신의 일부를 내어주는 자는 은혜를 베푼 자, 박애주의자라고 일컬음을 받는다.

오늘날의 아메리카 정부에 한 인간이 어떻게 처신하는 것이 가장 적절한 것일까? 나는 대답한다. 부끄러움 없이 정부에 동조할 수는 없다. 나는 한 순간이라도 노예들의 정부 노릇을 겸해 하는 이 정치조직을 나의 정부로 인정할 수 없는 것이다.

모든 사람은 혁명의 권리, 즉 정부의 폭정이나 무능이 더 이상 견딜 수 없을 지경에 이르렀을 때, 그 정부에 충성을 거부하고 반항할 수 있는 권리를 인정한다. 그러나 거의 모두가 지금이 그때는 아니라고 말한다. 그러나 그들도 1775년의 혁명의 경우는 바로 그러한 때였다고 생각한다.

만일 누가 이 정부에 대하여, 외국에서 들여오는 상품에 세금을 부과했으므로 나쁜 정부라고 내게 말한다면 내가 거기에 대하여 왈가왈부할 것이 없을 것은 당연하다. 그것은, 그런 것들 없이도 나는 살 수 있기 때문이다.

모든 기계는 마찰을 갖고 있다. 그 마찰은 나쁜 것이긴 하지만 그만큼 필요한 것이기도 하다. 아무튼 그것으로 인해 말썽을 일으키는 것은 큰 불행이다. 그러나 그 마찰이 기계를 삼키고 압박과 강탈이 조직적으로 행해진다면, 밝혀 말하거니와 그러한 기계를 우리는 더 이상 두어둘 수 없는 것이다.

다시 말하여 자유의 피난처를 자처해온 한 국가의 인구 육분의 일이 노예요, 한 나라가 외국의 군대에 의해 불의하게 짓밟히고 정복되어 군법의 지배를 받는다면, 그러한 때에 정직한 사람들이 일어나 혁명을 일으켜 항거하는 것은 어느 때 해도 너무 이르다고 할 수 없는 것이다. 이 의무를 더욱 심각하게 만든 것은 우리나라가 짓밟힌 나라가 아니라 짓밟는 군대의 나라라는 사실이다.

많은 도덕적 문제의 권위로 알려진 페일리(William Paley, 1735~1805)는 '시민정부에 복종할 의무'라는 책의 한 장에서 모든 시민의 의무를 편의(便宜)라는 것 속에 포함시키고 있다. 그는 계속하여 말한다.

"전체 사회의 이해관계가 그것을 요청하는 한, 정부가 국민에게 불편을 끼치지 않으면 반항하거나 바꿀 수 없는 한, 정부에 순종하는 것은 하느님의 뜻이다. 이 원리를 인정한다면, 개개인의 반항의 정당성은 결국 한편으로는 그 반항의 위험과 고통, 그리고 다른 한 편으로는 그것을 고칠 수 있는가, 있다면 어떤 대가를 치를 것인가 를 계산함으로써 평가할 수 있다."

그리고 이에 대하여 그는 모든 사람이 다 자기 나름대로 판단할 것이라고 말한다. 그러나 페일리는 그 편의의 법칙이 적용될 수 없는 경우, 개인과 마찬가지로 한 국민이 어떠한 대가를 치르면서도 정의를 실현하지 아니하면 안 될 경우를 생각하지 않은 듯하다.

만일 내가 물에 빠진 자의 한 조각 널빤지를 불의하게 빼앗았다면, 나는 내가 익사하는 한이 있더라도 그것을 돌려주어야 한다. 이 것은 페일리에 의하면 불편한 일이다. 그러나 그러한 상황에서 자기의 목숨을 건지려는 자는 잃고 말 것이다.

이 나라 국민은 노예제도와 멕시코 전쟁을 그만두어야 한다. 비록 그 때문에 한 국민으로서의 그들 전체의 존속이 불가능하게 될지라도.

실제 나라 운영에 있어 많은 국가들이 페일리에 동의한다. 그러나 그 누가 현재의 위기에서 매사추세츠 주가 옳은 일을 한다고 생각할 것인가?

국가의 창부, 은옷의 음녀여
옷자락은 들었것만
그 영혼은 진흙 속에 끌리는구나.

사실대로 말한다면 매사추세츠의 개혁을 반대하는 자들은 남부의 10만 정치인이 아니라, 현지의 10만 상인과 농부들이다. 그들은 인격보다는 장사나 농사에 더 큰 관심을 갖고 있으며, 어떤 값을 치르고라도 노예나 멕시코에 대해 정의를 행사하겠다는 생각은 없는 자들이다.

나는 먼 데 있는 적들과 싸우는 게 아니다. 가까이 나라 안에 있으면서 그 먼 데 있는 적들과 내통하여 그들의 명령대로 행하는 자들과 싸우는 것이다. 만일 그들이 없다면 먼 데 있는 적은 아무 해도 끼치지 않을 것이다.

우리는 흔히 민도가 낮다고들 한다. 그러나 그 개선이 늦은 것은 실제로 소수자가 다수자보다 현명하거나 선하지 못하기 때문이다. 많은 사람이 당신만큼 착한 것보다는 소수지만 어딘가에 절대적으로 착한 사람이 있는 것이 더 중요한 일이다.

왜냐하면 그는 온 덩어리를 발효시킬 것이기 때문이다. 세상에는 노예제도나 전쟁에 대해 반대의 의사는 갖고 있으면서도 그것들의 종식을 위해 아무 일도 하지 않는 자들이 수없이 많다.

그들은 스스로를 워싱턴이나 프랭클린의 후예라 칭하면서도 주머니에 손을 찌르고 앉아 무엇을 해야 할지 모르겠다며 아무 일도 하지 않고 있다. 그들은 자유의 문제를 자유무역의 문제 다음으로 미루고 저녁을 배불리 먹고는, 최근 멕시코에서 도착한 보도와 물가 변동 표를 가만히 읽다가 그 종이 위에 엎드려 잠을 잔다.

오늘날의 정직한 자와 애국자의 시가(時價)는 얼마나 되는가? 그들은 주저하고 후회하고 그리고 때로는 탄원도 한다. 그러나 그들은 아무것도 열심히, 그리하여 영향력 있게 이루지 못한다. 그들은 양순하게 앉아 악을 다른 사람들이 치료하길 기다린다. 그리하여 다시는 그것으로 인해 마음의 고통을 받지 않게 되길 원하는 것이다. 그들은 고작 정의를 위해 값싼 투표나, 미지근한 찬성이나, 축도(祝禱)나 할 뿐이다.

그동안 정의는 그들의 곁을 지나가 버린다. 덕(德)을 소유한 사람이 하나라면 덕을 찬성하는 사람은 아흔 아홉이나 되는 법이다. 그러나 어떤 물건을 지키는 임시 경비원보다는 진짜 그 물건의 주인을 만나는 것이 더 급한 일이다.

투표란 장기나 주사위 놀음과 같은 일종의 놀음이다. 다만 옳고 그름이라는 도덕적인 문제들을 가지고 노는 약간 도덕적 냄새가 풍기는 놀음인 것이다. 그러므로 내기에 자연스럽게 따른다.

투표하는 사람의 인격은 내기와 상관없다. 나는 어쩌다가 내가 옳다고 생각하는 쪽에 표를 던진다. 그러나 그 옳은 것이 승리해야만 한다는 사실이 나에게 생명을 건 관심사는 아닌 것이다. 나는 기꺼이 그 결과를 다수자들에게 맡긴다. 그러므로 투표의 의무는 결코 편의(便宜)의 의무를 넘지 못한다. 옳은 것을 위해 던진 표도 진작 그 옳은 것을 위해서는 아무것도 이루지 못한다. 그것은 다만 사람들에게 정의가 이기기를 바라는 당신의 소원을 미약하게 나타낼 뿐인 것이다.

현명한 사람은 정의를 다수자의 손에 맡기거나 아니면 그 다수자들의 힘을 통해 승리에 이르게 되기를 원하지 않는다. 사람들이 모인 집단에서 하는 행위에는 덕이란 거의 찾아볼 수 없다. 다수자들이 결국에 가서 노예 폐지를 위해 투표를 하게 된다면 그것은 그들이 노예에 대하여 흥미를 잃었거나 아니면 그들의 투표로 해방될 노예들이 거의 없게 되었기 때문일 것이다.

그렇게 되면 그 때에 그들은 남아 있는 유일한 노예가 될 것이다. 다만 자신의 투표로 자신의 자유를 주장할 수 있는 노예들의 투표만이 이 노예제도의 폐지를 빠르게 할 것이다.

나는 발티모어인가 어디에서, 대통령 후보자 선출을 위한 지명대회가 신문 편집인들과 직업 정치인들이 주동이 되어 열린다는 소식을 들었다. 그러나 나는 생각한다. 그들이 무슨 결정을 내리든 그것이 그 모든 독자적이고 존경받을 만한 지성인들에게 무슨 상관이 있는가? 그보다도, 우리는 한 개인의 지혜와 정직의 혜택을 입을 수 있지 않을까? 이 나라에는 지명대회에 참석하지 아니한 수많은 개인들이 있지 않은가? 그러나 아니다.

나는 이른바 존경의 대상이 된다는 사람이 갑자기 자기의 위치를 포기하고 나라에 실망하는 것을 본다. 그렇게 되면 오히려 나라가 그에게 더 크게 실망할 일이다. 그는 즉시로 후보자들 가운데 하나를 가장 적합한 인물로 인정, 당선시키고, 그렇게 함으로써 자신이 어떠한 선동정치를 위해서도 '적합한 인물임'을 증명하는 것이다. 그의 투표는 지조 없는 외국인이나 돈으로 산 토인의 그것보다 더 나을 것이 못된다. 오, 사람다운 사람이 있었으면! 나의 이웃이 말하듯이 남의 손에 주물리우지 않는 등뼈를 가진 사람이 있었으면!

우리나라의 인구 통계는 잘못되었다. 너무 많은 사람이 등록되어 있다. 이 나라의 천 평방 마일마다 '인간'이 얼마나 살고 있는가? 거의 한 사람도 없을 지경이다. 아메리카 대륙은 '사람'들 보고 들어와 살기를 청원하지 않았는가? 아메리카 사람들은 하나의 비밀 공제 조합원(Odd fellow, 처음에는 영국에서 시작된 것으로서 우애주의에 입각한 공동생활을 목표로 한 것이었다. 그러나 곧 그 비밀조직에 대한 일반의 물의가 일어났고, 도로우도 그들 조합원들의 의식과 생활양식을 비웃었다.— 譯者)으로 타락했다. 그들은 공동생활을 위한 기구만 발달시켰고 지성과 자기 신뢰는 통 없는 족속이다.

그들이 출생하여 최초로 갖는 중요한 관심은 양로원이 잘 수리되어 있는가를 살피는 것이고, 법적으로 성년이 되기도 전에 장차 있게 될 과부나 고아들을 위해 모금부터 하는 것이다. 그는 한 마디로 말해, 죽은 다음에 장례식까지 훌륭하게 치러 주겠다는 상호보험회사의 약속의 도움으로 겨우 살아나갈 위인이다.

물론, 아무리 큰 과오라 할지라도, 그 잘못을 근절시키는 데 자기의 몸을 바치는 것만이 사람의 의무라고 할 수는 없다. 그는 그밖에도 자기가 종사할 다른 일거리들을 얼마든지 가질 수 있다. 그러나 최소한 자기의 손을 그 잘못으로부터 빼어내는 것만은 그의 의무이다. 그리고 만일 그가 다시는 그것을 염두에 두지 않는다면 실제로 그것을 지지해서는 안 된다.

만일 내가 어떤 직업이나 계획에 종사한다면 나는 무엇보다도 먼저 최소한 내가 다른 사람의 어깨 위에 걸터앉아서 그 짓을 하는 게 아닌가 살펴야 할 것이다. 나는 그를 놓아주어 그도 그의 계획을 추진하도록 해야 한다. 얼마나 큰 모순이 용납되고 있는가 살펴보자. 나는 우리 마을의 어떤 사람들이 이렇게 말하는 것을 들었다.

"누가 나보고 한번 노예반란을 진압하는 일을 도우라거나 멕시코 전쟁에 나가라고 명령을 해 봤으면 좋겠다. 두고 보라, 내가 나가나."

그러나 바로 그들이 무엇을 하고 있나? 직접적으로는 소위 충성을 바침으로써 아니면 간접적으로 최소한 자기네들의 돈으로써 자기들의 대리병을 내세우고 있는 것이다. 불의한 전쟁에 봉사하는 것을 거부하는 군인이 전쟁을 도발하는 불의한 정부를 지지하는 인간들의 자랑거리가 된다. 그들은 자신들이 행위와 권위를 전적으로 부인하고 무시하는 자들로부터 칭찬을 듣는다. 마치 국가가 죄짓기를 대번에 그만둘 정도의 뉘우침이 아니라, 죄는 지으면서 그동안 채찍질할 인간을 고용하는 정도로 뉘우치는 것과 같다. 그리하여 마침내 질서와 시민정부라는 이름 아래 우리는 모두 스스로의 비열함을 존경하고 변호하게 되는 것이다. 처음은 죄 때문에 낯을 붉히나 곧 무관심하게 된다. 부도덕은 무도덕으로 발전되고 그리하여 우리는 필연적으로 지금과 같은 삶을 영위하게 되는 것이다.

가장 널리 편만된 잘못은 무관심이라는 것의 도움이 없이는 유지될 수 없는 것이다. 애국이라는 덕에 대한 일반적인 경박한 질책은 고결하다는 사람들에게서 가장 두드러지게 나타나는 것 같다. 정부의 성격과 시책에 반대하면서도 충성과 지지를 보내는 사람들은 의심할 나위 없이 그 정부의 가장 양심적인 지지자들이요 따라서 개혁에 가장 심한 장애물인 것이다.

어떤 사람들은 주 정부에 청원하기를 연방 정부를 해체하고 대통령의 명령을 무시하자고 한다. 왜 그들은 스스로 그것을 해체하지 않는가. 그들과 주 정부 사이의 연합을 말이다. 그리고 그 국고에 세금 내는 것을 거절하지 않는가? 그들은 주 정부가 연방 정부와 갖고 있는 것과 똑같은 모양으로 주 정부와 관계를 맺고 있는 것이 아닌가? 그리고 주 정부가 연방 정부에 저항하지 못하는 이유도 그들 자신이 주 정부에 저항하지 못하는 이유와 같은 것이 아닌가?

사람이 어떻게 단순히 의견을 품고 있는 것으로 만족할 수 있으며 또 즐길 수 있겠는가? 자기가 억울함을 당하고 있다고 생각하면서 어떻게 즐거움을 누릴 수 있겠는가? 만일 당신이 남에게 1 달러의 돈을 사기 당했다면, 당신은 당신이 돈을 사기 당했다는 사실을 안 순간 당신이 돈을 사기 당했다고 말한다든지, 아니면 그에게 돈을 돌려달라고 말하는 것만으로 만족하지 않을 것이다. 당신은 즉시 그 돈을 되찾기 위해 유효한 행동을 할 것이며 다시는 사기 당하지 않도록 노력할 것이다.

원리에 입각한 행위, 정의를 알고 행하는 것은 사물을 변화시키고 관계를 변화시킨다. 그것은 본질적으로 혁명적이며 과거에 있었던 것들로 성립되는 것이 아니다. 그것은 국가와 교회를 분리시킬 뿐이 아니라 가정까지도 분리시킨다. 아니, '개인'까지도 분리시켜 그 안의 악마적인 것과 신성한 것을 갈라놓는다.

여기 불의한 법이 존재한다. 우리는 그것에 복종하는 것으로 만족할 것인가 아니면 그것들을 개정하려고 노력하며 개정될 때까지 복종할 것인가, 그것도 아니면 아예 처음부터 범법을 할 것인가?

사람들은 일반적으로 이와 같은 정부 아래에서는 다수자를 설득시켜 그 법을 개정시킬 때까지는 기다려야 한다고 생각한다. 그들은 만일 그들이 항거하면 치료는 병폐보다 더 나쁘다고 생각한다. 그러나 이 치료를 병폐보다 더 나쁘게 하는 것은 바로 정부의 과오이다. 정부가 그것을 더 나쁘게 만드는 것이다.

왜 정부는 개혁을 예견하고 준비하지 않는가? 왜 정부는 현명한 소수자들을 소중히 간직하지 않는가? 왜 정부는 상처를 입기도 전에 야단하며 막으려 하는가? 왜 정부는 시민들을 독려하여 정부의 과오를 지적하며 기대하는 것보다 더 나은 일을 하도록 하지 않는가? 왜 정부는 항상 그리스도를 십자가에 못 박으며, 코페르니쿠스와 루터를 파문하고, 워싱턴과 프랭클린을 반역아로 모는가?

정부의 권위에 대한 고의적이고도 실제적인 부인(否認)은 정부가 생각지도 않았던 유일한 과실이었다고 볼 수 있을 것이다. 그렇지 않다면 왜 정부는 명확하고 적절하고 그리고 잘 조화된 벌칙을 마련하지 않는가? 만일 어떤 재산 없는 사람이 단 한번 국가에 9실링[2] 바치기를 거부한다면, 그는 일정한 기간 동안 옥에 들어가 있어야 하는데, 그 기간은 내가 아는 한 그 어떤 법률의 제한을 받는 게 아니라 그를 옥에 넣은 자들 마음대로 결정되는 것이다. 만일 그가 국가로부터 9실링의 90배를 훔쳐낸다면 그는 곧 다시 더 큰 것을 해먹도록 풀려 나온다.

만일 불의가 정부라는 기계에 있어 필요불가피한 마찰이라면 돌아가게 내버려두라. 아마도 그것은 미끄럽게 닳을 것이다. 그리고 그 기계는 어차피 닳아 없어질 것이다. 만일 불의가 오직 저 자신만을 위해 용수철이나 도르래나 밧줄이나 그런 것들을 갖고 있다면, 당신은 과연 치료가 병폐보다 더 나쁠 것인가 생각해 볼 수도 있을 것이다. 그러나 만일 그것이 당신으로 하여금 남에게 불의한 자가 되기를 강요하는 성질의 것이라면 나는 말한다 그 법을 어기라. 당신의 생명으로 하여금 기계를 멈추는 역마찰이 되게 하라. 내가 해야 할 일은, 어떻게 해서든지 내가 저주하는 그릇된 일에 나 자신이 휩쓸려 들어가지 않도록 조심하는 것이다.

---

2) 9실링. 이 액수는 당시의 인두세를 말한다.

악을 치료하기 위해 국가가 준비한 방법을 채택한다고들 하는데, 나는 그러한 방법을 알지 못한다. 시간을 너무 많이 잡는다. 그 동안 인간은 죽어버릴 것이다. 나에겐 다른 일거리들이 많이 있다. 내가 이 세상에 온 것은 이 세상을 살기 좋은 곳으로 만들기 위한 것만이 아니라, 좋든 나쁘든 그 속에서 살려고 온 것이다. 한 사람이 모든 것을 다 해야 하는 것은 아니고 몇 가지가 있을 뿐이다. 그가 모든 것을 다 할 수 없다고 해서 그 때문에 그가 어떤 것을 잘못해야 한다는 것은 말이 안 된다.

행정가나 입법자에게 탄원하는 것이 나의 직무가 아님은 그들이 내게 그렇게 하는 것이 그들의 직무가 아님과 마찬가지다. 그리고 만일 그들이 나의 탄원을 들어주지 아니한다면 그 때에 나는 무엇을 할 것인가? 이 때에 정부로서는 속수무책이다. 정부의 '헌법' 자체가 나쁜 것이다.

이 말은 가혹하고 고집불통이고 역겨운 것으로 들릴지도 모른다. 그러나 이것이야말로 진정으로 헌법을 평가하고 그 혜택을 받을 만한 유일한 정신을 지극한 친절과 사려로써 대접하는 것이다. 향상을 위한 모든 변화는 다 그런 것이다. 마치 출생과 죽음이 육신을 뒤흔드는 것과 같다.

나는 주저 없이 말한다. 자칭 노예폐지론자라고 하는 자들은 즉시 매사추세츠 주 정부에게 제공하던 그들의 인적·물질적 지원을 거두어 들여야 하며, 그들이 한 표 더 많은 다수파가 되어 정의의 승리를 맛보게 될 때까지 기다려서는 안 될 것이다.

만일 그들이 하느님을 자기네 편에 모시고 있다면 구태여 그 한 표를 기다리지 않아도 충분하리라고 나는 생각한다. 뭐니 뭐니 해도 누가 자기의 이웃들보다 더 옳기만 하다면, 그는 이미 하나의 다수파를 형성하고 있는 것이다.

나는 이 아메리카 정부를 아니면 그 대리인인 주 정부를 더도 말고 한 해에 꼭 한 번씩은 세무서원을 통해서 직접 상면한다. 이것은 나와 같은 처지의 사람이 정부를 대면하는 유일한 양식이다. 그 때에 정부는 매우 확고하게 말한다. "나를 인정하라." 그러면 그에 대한 답으로서 정부에 대한 당신의 불만과 사랑을 나타내는 가장 간단하고 가장 힘차고 현재의 상황 아래에서 가장 불가피한 방법은 그것을 부정하는 것이다.

같은 시민으로서의 이웃인 그 세무서원은 바로 내가 상대해야 할 사람인 것이다. 내가 다루고 있는 상대는 사람이지 양껍질이 아니기 때문이다. 게다가 그는 정부의 일꾼으로서 사명을 가지고 나선 것이다.

그가 자기 이웃인 나를 존경하고 선의의 인간으로 볼 것인지, 아니면 미친 평화 파괴자로 볼 것인지를 스스로 깊이 생각하고 그리하여 거칠고 난폭한 생각이나 말이나 행동 없이도 나를 자기의 이웃으로 삼는 데 있어 장애물이 되는 것들을 뛰어넘을 수 있을 것인가를 알게 되기까지는 그는 자기의 신분이나 공무원으로서의 하는 일, 아니 한 인간으로서 하는 자기의 일에 대하여 밝히 알 수조차 없는 것이다.

나는, 만약 내가 정직한 사람이라고 부를 수 있는 천 명의 사람이 아니 백 명이라도, 아니다, 단 한 명의 정직한 사람이라도 이 매사추세츠 주에서 자기의 노예를 해방하고 그 제도에서 뛰쳐나와 그 때문에 주 형무소에 갇히게 된다면, 그것은 바로 아메리카의 노예제도 폐지가 되는 것이라는 사실을 밝히 알고 있다.

시작이 아무리 빈약해도 그것은 문제가 아니기 때문이다. 한번 잘 이루어진 일은 영원히 이루어지는 것이다. 우리는 이에 대하여 말만 하기를 좋아한다. 마치 말하는 것이 우리의 사명이나 된 듯이.

개혁은 그 제물로서 많은 신문철을 소비하지만 한 인간을 사용하지는 않는다. 만일, 장차 캐롤라이나의 감옥에 들어가는 대신 의회에 나가 인권 문제를 위해 투쟁하게 될 나의 존경하는 이웃인 주 대사가 이 매사추세츠의 감옥에 들어가게 된다면, 매사추세츠는 노예제도의 죄과를 연방 정부에 돌리려 애를 쓰고 있으며, 다만 괄시를 받고 있다는 이유로 연방과 티격태격하고 있는 형편인데 입법부가 이 문제를 모른 체하고 이 겨울을 넘길 수는 없을 것이다.

불의로 인간을 감옥에 넣는 정부 아래에서 의로운 인간을 위한 곳은 역시 감옥뿐이다. 오늘날 매사추세츠 주가 좀 더 자유롭고 생기 있는 정신을 가진 자들에게 제공할 수 있는 가장 적당하고 유일한 장소는 감옥이다. 거기에서 주 당국은 일찍이 원리로부터 스스로를 떼어낸 것과 마찬가지로 마음대로 인간을 넣었다 뺐다 한다.

도망친 노예와 멕시코의 유예죄수와 인디언들이 자기네 동족의 과오를 변호하러 와서는 그곳, 분리되어 있으나 더 자유롭고 명예로운 장소에서 그들을 만날 것이다. 그곳은 국가가 자기에게 동조하지 아니하고 거스르는 자들을 수용하는 곳이요. 노예국가에서 자유인이 명예를 걸고 살 수 있는 유일한 집이다.

만일 누가 자기의 영향력은 이제 끝장이 났고, 목소리도 더 이상 국가의 귀를 괴롭히지 못할 것이며, 벽에 갇혀 적으로서의 구실을 다했다고 생각한다면, 그는 진리가 사악보다 얼마나 더 강하며 조금이라도 불의를 겪어본 자가 얼마나 더욱 웅변적으로 효과적으로 불의와 투쟁할 수 있는가를 모르는 사람이다. 투표를 하되 옹근 표를 던지라. 그저 한 장의 종이쪽만 던질 것이 아니라 당신의 전 영향력을 던지라.

소수자는 다수자에게 고개를 숙이는 한 무력하다. 그렇게 되면 소수자라고 할 수 없다. 그러나 소수자가 그 온 힘을 다하여 버티면 그것을 당해낼 수는 없는 것이다. 정의의 인간들을 모두 투옥하느냐 아니면 전쟁과 노예를 포기하느냐 둘 중에 하나를 선택하라고 하면 국가는 조금도 주저하지 아니할 것이다.

만일 이 해에 천 사람이 세금을 물지 않는다 해도 그것은 그들의 세금이므로 국가가 폭력을 쓰고 무고한 자의 피를 흘리는 것과 같은 폭력적 행위는 아닐 것이다. 평화혁명이란 것이 만일 있다면 이런 것일 게다. 사실 누가 그랬다지만, 세무서원이나 어떤 공무원이 나에게 묻기를, "그러면 나는 어쩌란 말이요?" 한다면 나는 이렇게 답하겠다. "만일 당신이 정말로 무언가 하고자 한다면 그 자리를 물러나시오."

국민이 맹목적인 충성을 거부하고 공무원이 사직할 때, 혁명은 성취되는 것이다. 그러나 어쩌면 피를 흘려야 할지도 모른다. 양심이 상처를 받을 때에는 피가 흐르지 않는가? 이 상처를 통하여 인간의 진정한 인격과 불멸성이 흘러나오며, 영원히 계속되는 죽음을 맛보게 되는 것이다.

이는 범죄자의 재산을 몰수하는 것보다 그를 잡아 가두는 것에 대하여 생각해 보았다. ― 이 둘은 한 목적에서 행해지는 것이겠지만 ― 왜냐하면 순수한 의를 고집하고, 따라서 결과적으로 부패한 국가에 있어 가장 위험한 인물이 되어 있는 자는 일반적으로 재산을 쌓는 데 많은 시간을 보내지 않기 때문이다.

그런 자들에게 국가는 비교적 적은 혜택밖에 주지 않고 있다. 그리하여 비록 적은 액수의 세금이라도 적게 보이지 않는다. 특히 손으로 그 돈을 벌어들이는 자들에게 더욱 그러하다. 만일 누가 있어 한 푼의 돈도 쓰지 않고 산다면, 국가도 그에게 돈을 내라고 요구하기를 주저할 것이다.

남의 비위를 상하게 하려는 비교는 아니지만, 부자는 자기를 부자로 만들어준 제도에 항상 매수되는 것이다. 절대적으로 돈이 많을수록 덕은 모자란다. 돈이 사람에게 와서 그가 갖고자 하는 물건을 갖다 주지만 분명히, 그것을 취득하는 것이 그리 큰 덕이 아닌 것이기 때문이다. 애를 많이 써서야 해결할 것을 돈은 쉽게 해결해 놓는다. 그런 돈이 내놓는 유일한 새로운 문제는 그 돈을 어떻게 쓸 것인가 하는 어렵고도 귀찮은 문제이다.

그리하여 그는 도덕적 기반으로부터 떨어져 나간다. 이른바 '수단'이라는 게 늘어남에 따라 삶의 기회는 줄어든다. 부자가 자기의 교양을 위해 할 수 있는 최선의 일은 자기가 가난했을 때 품었던 설계를 실행하고자 노력하는 것이다.

그리스도는 헤롯 당원들에게 그들의 조건에 따라 대답했다. "내게 돈 한 푼을 보여 달라."고 그가 말하자 한 사람이 주머니에서 은화 하나를 꺼냈다. 그대가 씨이저의 얼굴이 새겨져 있는, 그리고 그가 가치를 부여한 돈을 사용하고 있는 이상, 다시 말하여, 그대가 '그 국가의 사람'이고 즐겨 씨이저의 정부가 베푸는 혜택을 받고 있다면, 그의 것 중 얼마라도 그가 요구할 때 돌려주라. "씨이저의 것은 씨이저에게, 하느님의 것은 하느님에게" — 그러나 그들은 어느 것이 누구의 것인지에 대해 전보다 더 현명한 판단을 내리지는 못했다. 이는 알고자 원하지 않았기 때문이다.

나의 이웃 가운데 자유주의자로서 내노라하는 사람들과 이야기를 해보아도, 그들이 문제의 크기와 중요성을, 사회 안정을 위한 자기네의 역할 등을 늘어놓아도 결국 그 장광설의 마지막은 현 정부의 보호를 무시할 수 없다는 것이고 또한 정부에 항거했을 때 올 재산과 가족에 미치는 영향이 두렵다는 것이었다.

나 자신의 경우를 말하라면, 내가 한번이라도 정부의 보호에 의지한 적이 있다고는 생각하고 싶지 않다. 그러나 만일 국가가 내게 납세 고지서를 보낼 때 내가 그 권위를 부정한다면 국가는 곧 나의 자식들을 끝없이 괴롭힐 것이다. 곤란한 일이다.

이로 말미암아 인간은 대외적으로 정직하게 안심하고 살 수 없게 되는 것이다. 재물을 모으는 것이 쓸데없는 짓이 될 것이다. 필연코 제자리로 돌아갈 것이기 때문이다. 땅을 어디 조금 빌리거나 차지해서는 약간의 곡식을 심어 그것을 진작 먹어치워야 한다.

사람은 혼자 힘으로 살아야 하고 언제나 소매를 걷어 떠날 차비를 차려야 하며, 일거리를 많이 갖지 말아야 한다. 비록 터어키에 살더라도 그 나라 정부에 충성만 바치면 부자가 될 것이다. 공자는 이렇게 말했다.

"나라가 이성의 원리대로 다스려진다면, 가난과 천함이 부끄러움이고, 나라가 이성의 원리대로 다스려지지 않으면 부귀와 명예가 부끄러움이다."

그렇다! 내가 매사추세츠 주 당국에, 어느 먼 남쪽에서 위협을 받고 있는 나의 자유를 거기까지 와서 보호해 주기를 바랄 때까지는, 혹은 고향에서 평화스러운 기업으로 재산을 모으기에 몰두하게 될 때까지는 나의 매사추세츠에 대한 충성과 그리고 나의 재산과 생명에 대한 당국의 권리를 거부할 수 있는 것이다.

대개는, 주 당국에 불복종함으로 벌을 받는 것이 복종하는 것보다 모든 면에서 손해가 덜 된다. 그렇게 될 경우 나는 내 자신의 평가절하를 느끼지 않을 수 없을 것이다.

몇 해 전에 주 당국은 한 교회를 통하여 나를 만났다. 만나서는 내게 명령하기를 나의 아버지는 몇 번 그의 설교를 들은 적이 있지만 나는 한 번도 들어보지 못한 한 목사의 생활을 위해 얼마의 돈을 내라는 것이었다. 그는 말했다. "돈을 내든지 아니면 감옥에 갇히든지 하라." 나는 물기를 거절했다.

그러나 불행하게도 물어야겠다고 생각하는 이들도 있었다. 나는 왜 학교 교사는 목사를 위하여 세금을 물어야 하고 목사는 교사를 위하여 세금을 물지 않는지 그 이유를 알 수 없었다. 왜냐하면 나는 주 당국에 속한 학교 교사가 아니었고 다만 자발적인 기부금으로 살아가고 있었기 때문이다. 나는 어째서 학원(學院)은 납세고지서를 발부해서는 안 되고, 교회처럼 주 당국의 지원을 받지 못하는지 그 이유를 알 수 없었다. 그러나 결국 나는 행정위원들의 요구대로 다음과 같은 성명서를 쓰고 말았다. — "이제 나 헨리 도로우는 자기가 속하지 아니한 단체의 일원으로 인정되는 것을 원하지 아니한다는 것을 만인 앞에 고한다."

이 성명서를 나는 읍 서기에게 주었으며 그는 그것을 갖고 있다. 그리하여 내가 그 교회의 교인으로 인정받기를 원하지 않는다는 것을 알게 된 주 당국은 그 후로는 그와 같은 요구를 결코 하지 않았다.

비록 당시에는 원래의 요구대로 집행해야 한다고 말했지만 내가 만일 그런 단체들을 다 알고 있었다면 나는 내가 결코 가입한 적이 없는 그러한 단체들로부터 빠짐없이 내 이름을 빼버렸을 텐데, 그러나 나는 그 완전한 목록을 어디에서 찾아야 할지 알 수 없었다.

나는 6년 동안 인두세(人頭稅)를 물지 않았다. 이 때문에 한번은 하룻밤을 감옥에 갇힌 적이 있다. 나는 두께가 60~90센티나 되는 단단한 돌 벽과 30센티 두께의 나무와 쇠로 만든 문과, 햇빛을 막는 철창을 바라보면서 마치 나를 살덩이와 피와 뼈밖에는 아무것도 아닌 것처럼 잡아가두어 두는 그 제도의 어리석음을 느끼지 않을 수 없었다.

나로서는 결국 당국이 내게 이렇게 하는 것이 최선책이라고 결론을 내리고는 어떻게 해서든 나의 봉사를 받으려고 하지 않는 것이 아무래도 이해할 수 없는 일이었다. 나는 만일 나와 시민 사이에 돌담이 있다고 할 경우, 그들이 나와 같이 자유하게 되기까지는, 또 하나의 더욱 넘기 힘들고 무너뜨리기도 어려운 담이 있음을 알게 되었다.

나는 한 순간도 갇혀 있다고 느끼지 않았다. 그 벽들은 공연한 돌과 진흙의 낭비로만 보였다. 나는 많은 읍민들 가운데 나 혼자만 세금을 물은 것처럼 느껴졌다. 그들은 분명히 나를 어떻게 대접해야 할는지를 몰랐고 무식한 사람들처럼 굴었다. 협박을 하고 구슬리고 하는 것이 모두 어처구니없는 짓이었다.

그들은 마치 내가 돌담 밖으로 나가는 데에만 정신이 팔려 있는 줄 아는 모양이었다. 내가 명상하고 있는 동안 그들이 어찌나 열심히 기계적으로 문을 잠그던지 나는 웃지 않을 수 없었다. 그러나 그들이야말로 위험한 존재들이었다. 그들은 나에게 미치지 못하게 되자 나의 육체에 벌을 가하기로 결심한 모양이었다. 마치 소년들이 자기가 앙갚음을 하고 싶은 사람이 있을 때 그에게 대들지 못하고 그의 개에게 발길질을 하는 형국이었다.

나는 당국이 반편이라는 것, 은수저를 갖고 있는 외로운 과부처럼 소심하다는 것, 자기의 적과 친구조차 잘 구별 못한다는 사실을 알고는 그나마 조금 남아 있던 존경심마저 잃어버리고 다만 연민의 정을 느낄 뿐이었다. 그리하여 국가는 인간의 지적·도덕적 지각을 상대하는 대신 다만 그 육체, 그 감각들만을 상대하려고 한다. 뛰어난 지혜나 정직으로가 아니라 막강한 물리적 완력으로만 무장한다.

나는 압제 받자고 출생하지는 않았다. 나는 누가 뭐래도 멋대로 숨 쉴 터이다. 누가 강자인가 두고 보기로 하자. 다수자라는 게 갖고 있는 힘이란 무엇인가? 나에게 뭔가를 강요할 수 있는 자는 나보다 더 높은 법을 순종하는 자뿐이다. 그들은 자신들처럼 되기를 내게 강요한다. 나는 아직 대중의 의견에 의해 생활의 방법을 결정했다는 어떤 '인간'의 이야기도 들어보지 못했다. 그렇게 산다고 할 때 그것은 어떻게 산다는 것일까?

만일 정부가 나를 찾아와 "돈을 내든지 목숨을 내놓든지 하라."고 할 경우 나는 왜 서둘러 돈을 내어 놓아야 하는가? 정부는 어떤 궁지에 몰려 어찌할 바를 모르고 있는지도 모른다. 그러나 내가 어떻게 도와줄 도리가 없다. 정부는 내가 나를 돕듯이 스스로 도와야 한다. 정부를 위하여 눈물을 흘리는 것은 무가치한 일이다. 나는 사회라는 기계의 성공적인 운행에 책임질 게 없다. 나는 기술자의 아들이 아닌 것이다. 도토리와 밤이 함께 떨어졌을 때, 그들은 서로 자리를 양보하여 가만히 있는 게 아니라 자기들의 법에 따라 싹을 내고 자라고 무성하기를 마침내 하나가 다른 하나를 눌러 덮어 죽이게 될 때까지 한다. 만일 식물이 자기의 천성에 따라 살 수 없다면 죽는 길밖에 없다. 인간도 그렇다.

감옥 안의 밤은 고상하고도 흥미로웠다. 내가 들어갔을 때 문간에서는 소매를 걷어 올린 죄수들이 잡담과 저녁 공기를 즐기고 있었다. 그러나 간수가 와서 "문을 잠글 테니 모두 들어가라"고 말하자 그들은 헤어졌고 나는 그들이 각각 빈 방으로 돌아가는 발자국 소리를 들었다. 간수는 나와 한 방에 있는 친구를 '모범수요 영리한 녀석'이라고 소개해 주었다.

문이 잠기자 그는 내게 모자를 걸 곳과 감방 안에서의 요령을 가르쳐 주었다. 감방들은 한 달에 한 번씩 회칠이 되었다. 그리하여 이 방은 읍내에서 가장 희고 간단히 장식되고 아마도 가장 깨끗한 방일 것이었다. 그 친구는 물론 내가 어디서 무엇 때문에 들어왔는지를 알고 싶어 했다. 나는 그에게 이야길 해 주었다. 그리고는 이번엔 내가, 물론 그 친구의 정직성을 의심하지 않으면서 어떻게 들어왔는가를 물었다. 그는 말했다.

"그들은 내가 불을 놓았다고 그러죠. 터무니없는 짓입니다." 내가 짐작하는 바에 의하면 그는 아마도 술을 먹고는 창고에 자러 들어가서 담배를 피웠을 것이다. 그래서 창고에 불이 붙었던 것일 게다. 영리한 자로 평판이 난 그는 감옥에서 재판을 받으려고 석 달을 기다리고 있었는데 아마도 그만큼 더 기다려야만 할 것 같았다. 그러나 그는 무상으로 밥을 얻어먹는 덕분에, 좋은 대우를 받고 있다고 생각하여 잘 순종하였고 만족하였다.

그가 한 창문을, 나도 한 창문을 차지했다. 나는 곧 사람이 이런 곳에 오래 있게 되면 창밖을 내다보는 일이 그의 전부가 된다는 사실을 알게 되었다. 나는 거기에 남아 있는 모든 흔적을 곧 읽었다. 그리고 그 방에 있던 죄수가 부수고 탈옥한 자리와 톱으로 켠 창살을 보았고 이 방에 있던 갖가지 인간들의 역사를 들었다. 그리하여 나는 이곳에도 옥의 담을 넘지 못하는 역사와 이야깃거리들이 있음을 발견하였다. 아마도 이 방은 마을 안에서 회람 형으로 프린트 되었으나 끝내 출판되지는 아니한 시(詩)가 지어진 유일한 방일 것이다. 나는 탈옥을 기도하다가 실패한 젊은이들이 길게 써놓은 시문을 보았다. 그들은 그것들을 읊음으로써 울분을 달랬던 것이다.

나는 그 친구를 다시는 못 볼 것 같아 할 수 있는 대로 많은 이야기를 시켰다. 그러나 마침내 그는 나의 침대를 가리켜주고는 사라져 갔다.

나는 불을 껐다. 누워서 보낸 그날 밤, 나는 꿈에도 기대하지 못했던 어디 먼 나라를 여행하는 것만 같았다. 나는 마치 전에는 마을의 종소리나 마을의 술렁거리는 소리를 들어본 적이 없는 것만 같았다. 우리는 창살 안의 창문을 열고 잤기 때문에 그 소리들이 새롭게 들렸던 것이다. 그것은 나의 고향 마을을 중세기의 빛으로 비쳐보는 것이었고, 콩코드 강은 라인 강이 되어 있었고, 기사들과 성곽의 환상들이 나의 앞을 스쳐 지나가는 것이었다. 도로 쪽에서 내가 들은 것은 옛 시민들의 목소리였다. 나는 뜻밖의 구경꾼, 청취자가 되어 이웃 마을 여관의 부엌에서 새어나오는 소리를 듣고 이루어지는 모양들을 보고 있었던 것이다. 이것은 진정으로 내게 있어서 새롭고도 진귀한 체험이었다. 그것은 나의 고향을 더욱 가까이에서 본 것이었다. 나는 정말로 그 안에 있었던 것이다. 나는 마을의 제도라는 걸 한 번도 본 일이 없었는데, 그것이야말로 특별한 하나의 제도였다. 그곳은 별천지였다. 나는 그곳의 주민들이 무엇을 하려고 하는지 이해할 수 있을 것 같았다.

아침이 되자, 조그만 양철 냄비에 초콜릿과 갈색 빵과 쇠숟가락이 들어있는 우리의 아침이 똑 알맞게 뚫어진 구멍으로 들어왔다. 그들이 그릇을 가지러 왔을 때 나는 먹다 남은 빵을 도로 내어보내려 했다. 그러자 나의 동료가 그 빵을 집어 들며 내게 점심이나 저녁에 먹기 위해 남겨 두어야 한다고 말해주었다. 조금 있다가 그는 가까운 들에 건초 작업을 나갔다. 거기에서 점심때까지 일해야 한다고 했다. 그는 나가면서 나를 다시 보게 될지 모르겠다고 하면서 "안녕" 하고 떠났다.

내가 감옥에서 나왔을 때 — 어떤 이가 중간에서 그 세금(인두세)을 물었기 때문에 — 세상에는 아무 큰 변화, 마치 젊어서 들어갔다가 백발노인이 되어 비틀거리며 나오는 사람이 보는 것 같은 큰 변화는 없었다. 그럼에도 불구하고, 나의 눈에는 마을과 주와 국가에 있어 보통 시간이 흐름에 따라 변하는 것보다는 훨씬 더 큰 변화가 보였다. 나는 내가 살고 있던 이 국가를 더욱 똑똑히 보았던 것이다. 나는 나와 함께 살고 있는 사람들이 어느 정도로 좋은 이웃이요. 친구로서 신용될 수 있는가 알게 되었다. 그들의 우정은 호시절에만 유지되고 의를 행하는 것을 그리 대단하게 생각지도 않으며, 중국인이나 말레이 사람들처럼 편견과 미신으로 인해 나와는 다른 족속이 되었고, 인간성을 위하여 위험을 각오하지 않음은 물론 자기의 재산까지도 제공하지 않으려 하며, 무엇보다도 도둑이 자기를 대한 것 이상으로 도둑을 대해주려는 고상한 인품도 없고, 그저 때때로 형식적인 규례를 지키거나 몇 마디의 기도를 드림으로써 또는 고지식하지만 쓸데없는 길을 걸어감으로써 자기의 영혼을 구하려 한다는 것을 알게 되었던 것이다. 이러한 비판은 나의 이웃들에게는 좀 가혹한 것일지도 모른다. 왜냐하면 나는 그들이 대부분은 자기네 마을 안에 감옥과 같은 제도가 있다는 것을 모르고 있다는 사실을 믿기 때문이다.

가난한 빚진 사람이 감옥에서 나왔을 때 사람들이 감옥의 창살을 상징하여 손가락을 십자 모양으로 굽히고는 그 사이로 내다보며 "그동안 어땠나" 하고 인사하는 것이 우리 마을의 오래된 습성이었다. 나의 이웃 사람들은 내게 그렇게 인사를 하지는 않았다. 그 대신 그들은 마치 내가 어디 먼 데 여행을 하고 돌아온 것처럼 나를 보고는 이어 자기들끼리 마주 보는 것이었다. 나는 구두 수선해 놓은 것을 찾으러 가다가 걸려 감옥에 들어갔던 것이다. 이튿날 옥에서 나온 나는 나의 일을 끝마치기 위해 수선한 구두를 신고 허클베리 파티에 참석하였는데 거기에 모인 회원들은 모두 나보고 파티의 사회를 보라는 것이었다. 그리고 반시간 만에 ─ 말을 곧 탔기 때문에 ─ 마을에서 3킬로나 떨어진 높은 허클베리 언덕에 우리는 있었다. 주 당국은 아무 데도 보이지 않았다. 이것이 '나의 감옥살이'의 전 역사이다.

나는 아직 도로세 물기를 거절한 적은 없었다. 왜냐하면 나는 나쁜 국민이 되려고 노력하는 것만큼 좋은 이웃이 되고 싶기 때문이다. 그리고 학교의 일에 있어서도 나는 지금 내 이웃 사람들의 교육에 내가 맡은 일을 수행하고 있는 것이다. 나는 납세 고지서의 어떤 특별한 항목을 거부하는 것이 아니다. 내가 바라는 것은 단순하다. 국가에 충성을 맹세하기를 거부하며 그 국가로부터 실제로 벗어나 외따로 살겠다는 것이다. 내가 내 돈의 향방을 따지자는 것은 아니다. 그것으로 사람을 사거나 총을 사서 쏘거나 돈 자체는 무고하다.

다만 내 충성이 미치는 영향에 대해 관심을 둔다는 것이다. 사실 나는 지금 내 방식대로 조용히 국가와 싸우고 있지만 그럼에도 불구하고 이럴 경우 대부분이 그렇듯이 나는 할 수 있는 한 국가로부터 유익한 것을 얻으려고 한다. 만일 다른 사람들이 국가에 대한 동정심에서 내가 내야 할 세금을 대신 문다면, 그들은 자신들의 경우에 행한 일을 반복하는 것이며 나아가서는 국가가 요구하는 것 이상의 불의(不義)를 범하는 것이다. 만일 그들이 납세자에 대한 그릇된 호의에서 그가 감옥에 들어가는 것을 구하기 위하여 대신 세금을 문다면 그들은 자기가 하는 일로 인해 개인적인 감정이 공적인 선을 얼마나 훼방하고 있는지 잘 생각하지 못한 것이다. 이것이 지금의 내 입장이다.

그러나 이런 경우에 인간은 너무 자기주장을 내세워서는 못쓴다. 그러면 자기의 고집이나 남의 의견에 대한 잘못된 태도로 인해 그의 행동이 비뚤어지기 쉽다. 사람은 다만 그때그때 자기에게 당한 일을 할 뿐인 것이다. 때때로 나는 생각한다. 그렇다. 민중은 마음씨가 고운 것이다. 다만 무식할 뿐이다. 그들은 알기만 하면 더 잘 할 것이다. 그런데 왜 나는 저들에게 저들이 마음 내키지 않는 일을 내게 베풀어야 하는 고통을 주는가?

그러나 나는 다시 생각하는 것이다. 그렇다고 해서 이것이 내가 다른 사람들 하는 것과 똑같이 해야 한다거나 다른 사람들로 하여금 다른 종류의 견디기 힘든 고통을 겪도록 내버려둘 이유는 못된다. 다시 나는 나 자신에게 말한다. "수백만의 사람들이 흥분이나 악이나 개인감정 없이 너에게 다만 몇 실링을 요구할 때 그들의 요구를 취소하거나 변경할 가능성도 없이, 또한 너의 쪽에서 다른 수백만의 인간들에게 구원을 청원할 가능성도 없으면서, 왜 이 맹목적인 세력 앞에 자신을 드러내는가? 너는 그토록 완고하게 추위나 배고픔이나 바람이나 파도에 항거하지는 않는다. 그와 비슷한 일들을 너는 지금 수없이 그러나 아주 조용하게 맞이하고 있다. 너는 불 속에 뛰어들지는 않는다."

그러나 내가 이것을 전적으로 맹목적인 세력이라기보다는 일부 인간적인 세력으로 보는 만큼, 또한 나와 그들 수백만 인간과의 관계도 짐승과 무생물의 관계로 보지 않고 인간관계로 보는 만큼, 나는 우선 그들은 자기들을 만든 조물주에게 구원을 요청할 수 있을 것이며 그 다음으로는 스스로에게 호소할 수도 있으리라고 보는 것이다.

그러나 만일 내가 일부러 불 속에 내 머리를 집어 처넣는다면, 나로서는 불에게나 혹은 그 불을 만든 조물주에게 호소할 여지가 없는 것은 물론, 다만 나 스스로를 꾸짖어야만 할 것이다. 만일 내가 인간들을 대함에 있어 지금 있는 대로의 그들로 만족하고 그들이나 내가 어떻게 되어야 할 것이라는 데 대한 나의 요구나 기대에 따라서가 아니라, 그저 나타나는 대로 대접을 해도 좋다는 확신만 얻을 수 있다면, 그렇다면 나도 선한 회교도나 운명론자처럼 그들과 마찬가지로 사물들로써 만족하려고 애를 쓰고 그것을 하느님의 뜻이라고 말해야 할 것이다. 그리고 무엇보다도 이 저항이라는 세력과 야수적이고 자연적인 세력과의 사이에는 이러한 차이가 있는 것이다. 즉, 나는 지금 효과적으로 저항할 수는 있지만, 그러나 오르페우스처럼, 바위나 나무나 짐승들의 본성이 변화되기를 기대할 수는 없는 것이다.

나는 어떤 인간이나 국가와 다투기를 원하지 않는다. 나는 머리를 가르듯 명확한 구분을 하고, 그리하여 나를 나의 이웃보다 높은 자리에 두기를 원하는 것도 아니다. 오히려 나는 이 땅의 법률을 지키는 데 있어 변명거리를 찾고 있는 것이라고 말할 수 있겠다. 그러나 나는 너무도 쉽게 그 법에 따른다. 사실은 이 까닭에 나 자신을 의심할 지경이다. 그리하여 해마다 세금 징수원이 찾아올 무렵이면 나는 세금을 내기 위한 구실을 발견하고자 현재 연방 정부나 주 정부가 무엇을 하고 있는지 어떤 위치에 있는지, 그리고 백성들의 마음은 어떠한지 알고 싶어 하곤 한다.

　　우리는 나라를 부모처럼 아껴야 한다.
　　언제고, 영광스럽게 바치던
　　우리의 사랑과 열심을 거둘 때,
　　우리는 그 결과를 명심해야 한다.
　　또한, 영혼에게는
　　지배욕이나 이권욕이 아니라
　　양심과 종교를 가르쳐야 한다.

　나는 정부 당국이 지금 내가 하고 있는 이런 따위의 일들을 머지 않아 거두어 가버릴 것으로 믿고 있다. 그러면 나는 나의 동포들보다 조금도 다를 것 없는 애국자가 될 것이다. 낮은 눈으로 보면 헌법은 그것이 가지고 있는 결점에도 불구하고 매우 좋은 것이다. 법률이나 재판소도 존경할 만하다. 나아가서 이 주 정부나 아메리카 정부까지도 많은 사람들이 이야기하듯 매우 놀랍고 귀하며 여러모로 고마운 것이다. 그러나 조금 높은 눈으로 보면 그것들은 모두 내가 지금까지 이야기한 대로이다. 그러나 그보다 더 높은 눈으로, 최상의 눈으로 볼 때, 그것의 정체를 밝히거나, 아니면 처음부터 볼 만하고 생각해볼 만한 것이라고 주장할 수 있을까?

그러나 정부는 내게 많은 관심을 갖지 않으며 따라서 나도 정부에 대해 할 수 있는 대로 적은 생각을 품게 된다. 이 세계 안에 살고 있기는 하지만, 내가 정부의 그늘 안에 있는 순간은 많지 않다. 만일 한 사람이 있어 자유로운 생각과 자유로운 공상과 자유로운 상상을 한다면 그리하여 '존재하지 않는' 것이 오랫동안 '존재하는' 것으로 그의 앞에 나타나는 일이 없다면, 현명하지 못한 통치가나 개혁가가 그의 하는 일을 치명적으로 꺾을 수는 없을 것이다.

많은 사람들이 나와 의견이 다르다는 것을 나는 잘 안다. 그러나 이러한 문제 혹은 이러한 부류의 문제를 직업적으로 연구한 사람들도 다른 사람들과 마찬가지로 나를 만족시키지는 못한다. 정치가나 입법자들은 너무나도 철저하게 그 제도 속에 서 있기 때문에 결코 그것을 분명하게 속속들이 보지 못한다.

그들은 움직이는 사회를 말한다. 그러나 그곳 밖에는 그들이 앉아 쉴 장소가 없다. 그들은 경험 있고 분별 있는 사람들이라고 할 수 있고, 누가 뭐래도 미묘하고 유용하기까지 한 제도를 만들었으며 이에 대하여는 충심으로 감사하는 것이다. 그러나 그들의 모든 지혜와 유용성은 썩 넓다고는 할 수 없는 한계성 안에 있다. 그들은 이 세상이 정책과 수단만으로는 다스려지지 않는다는 사실을 잊으려 한다. 웹스터(Daniel Webster, 1782~1852)는 정부의 이면을 보지 않는다. 그리하여 권위를 가지고 정부에 대해 말할 수 없는 것이다. 그의 말은 현 정부의 개혁을 조금도 생각하지 아니하는 입법가들에게는 지혜로운 것으로 들린다. 그러나 생각하는 사람들, 모든 시대를 위해 법을 만드는 사람들 편에서 보면 그는 한 번도 사물의 중심을 꿰뚫지 못하는 것이다.

이 문제에 대하여 심각하고 현명하게 생각하는 사람들이 나타나 곧 그의 마음의 협소함을 드러내 줄 것으로 나는 알고 있다. 그러나 그럼에도 불구하고 많은 개혁론자들의 값싼 말과 그리고 일반 정치인들의 그보다 더 값싼 지혜와 연설에 비교해 볼 때 그의 말은 거의 유일한 가치 있고 의미 있는 것이며 우리는 그로 인하여 하늘에 감사하는 것이다.

비교적 그는 항상 강한 독창적 인물이며 무엇보다도 실제적인 사람이다. 그러나 그의 특성은 지혜가 아니라 신중이다. 법률가의 진리는 진리가 아니다. 합치(合致)다. 혹은 합치된 편의(便宜)이다. 진리는 항상 자기 자신과 조화한다. 그리하여 불의의 행사를 포함할 수도 있을 정의를 드러내는 일에는 관심을 두지 않는다. 그는 과연 '헌법의 옹호자' 라고 불릴 만한 인물이다. 그가 공격한 것은 정말로 없지만 그러나 수비한 것은 많다. 그는 말한다. "나는 노력하지 않았다. 한 번도 노력하기를 제의한 일도 없다. 나는 여러 주를 하나의 연방으로 만든 당초에 설립된 그 질서를 무너뜨리려는 노력을 한 번도 찬성하지 않았으며, 찬성하려 하지도 않았다."

헌법이 노예제도를 규정한 것을 아직도 신성한 것으로 보며 "처음 약속의 일부이니까 유지되어야 한다."고 주장한다. 그는 매우 날

카롭고 유능한 인물이지만, 어떤 사실을 단순한 정치적 관계에서 빼내어 지성의 눈으로는 보지 못한다. 이 곳 아메리카에서는 노예제도에 한해 모두들 그런 식이다. 그 대신 그는 무슨 모험인지 아니면 누가 시켰는지 장담하면서 다음과 같은 자포자기의 답변을 하는데, 그렇다면 이로부터 어떻게 사회적 책임에 대한 새롭고도 독창적인 원칙이 나오겠는가? 그는 말한다. "노예제도가 있는 주의 정부가 그 제도에 관하여 취할 태도는, 그 주의 유권자에 대한 책임과 또는 소유권, 인간성, 정의 및 하느님의 법에 비추어 그들 자신이 결정할 일이다. 인도주의적 감정이나 그밖에 다른 근원에서 형성된 조직체들이 노예제도에 대해 무슨 일을 하든 아무 상관도 없다. 나는 그들을 조금도 고무해준 일 없고 또 앞으로도 없을 것이다."

진리의 더욱 순수한 근원을 모르는 자, 그 흐름을 따라 높이 올라가보지 못한 자들은 성경과 헌법에 기대고 서서, 용하게 서서, 그것을 존경과 겸손의 태도로 홀짝거리고 있다. 그러나 이 호수 저 못의 물이 어디서 흘러 들어오는지를 아는 자들은 허리를 다시 동이고 그 수원을 향해 순례를 계속하는 것이다.

입법에 천재적인 사람은 아메리카에는 아직 나타나지 않았다. 세계사에서도 그런 인물들은 드물다. 웅변가, 정객, 변사들은 수없이 많다. 그러나 말하는 사람이 당시의 난문제를 누가 해결할 수 있겠는가 말하기 위해 입을 연 적은 아직 없다. 우리는 웅변을 위해 웅변을 사랑한다. 그 웅변이 나타낼 수 있는 진리나 불러일으킬 수 있는 영웅심 때문에 사랑하는 것이 아니다. 우리 입법가들은 아직 한 나라에 있어서의 자유무역과 자유, 연합, 공정의 상대적 가치를 배우지 못하고 있다. 만일 국민들의 경험과 옳은 불만으로 적절하게 바로 잡음이 없이 그냥 우리의 앞길을 의회에 있는 입법가들의 말재간에만 맡겨둔다면 아메리카는 열국들 사이에서 그의 지위를 오래 지키지 못할 것이다. 이런 말을 할 자격이 내겐 없지만, 천팔백 년 동안 신약성서는 쓰이어 오고 있다. 그런데 그 성서가 입법학 위에 비추는 빛을 충분히 이용할 만한 재능과 지혜를 가진 입법가가 어디 있는가?

정부의 권위는, 비록 내가 기꺼이 복종하려는 것일지라도 — 나는 나보다 더 잘 알고 잘 할 수 있는 자들에게, 또는 많은 경우에 그다지 잘 알거나 하지 못하는 자에게도 기분 좋게 복종할 것이니까 — 사실 불순한 것이다. 바로 말하자면 정부는 다스림 받는 자들의 인정과 동의를 받아야 한다. 정부는 내가 허락한 것 외에는 내 인격이나 재산에 하등의 권리를 행사할 수 없는 것이다. 절대 군주제도에서 제한 군주제도로, 제한 군주제도에서 민주주의 제도로 발전하는 것은 결국 개인에 대한 참된 존경으로 나아가는 발전인 것이다. 중국의 철학자도 제국의 터전으로서 개인을 세우는 지혜를 갖고 있었다. 우리들이 알고 있는 바와 같은 민주주의가 정부 형태의 최후의 발전일까? 인권을 인정하고 조직하는 데 한 걸음 더 나아갈 수는 없을 것인가? 나라가 개인을 더욱 높은 독립적인 힘으로 인정하고, 나라의 모든 권력과 권위가 개인한테서 나온다는 사실을 인식하며 또 그 원리에 따라 개인을 대접하게 될 때까지는 참으로 자유롭고

46

계몽된 나라는 나타나지 아니할 것이다.

　나는 모든 사람을 공의로 대하고, 개인을 이웃으로서 존경하는 미래의 나라를 꿈꾸며 나 자신을 위로한다. 그러한 나라는 몇몇 소수의 무리가 이웃과 동포에 대한 의무는 다하면서도 나라에서 떠나 살며 참견도 아니 받고 그 품에 안기지도 않으려 한다고 해서 그런 자들을 나라의 안녕을 어지럽히는 자라고 생각하지는 아니할 것이다. 이러한 열매를 품고, 또 그것이 익자마자 땅에 떨어지는 것을 경험하는 나라는 더욱 완전하고 영광된 나라, 아직까지 내가 상상만 했지 결코 보지 못했던 나라로 가는 길을 준비할 것이다. ✿

2.
원리 없는 생활

원리 없는 생활

　얼마 전 한 학술강의에서 나는 강사가 자기 자신하고 너무나도 거리가 먼 것을 주제로 삼았다고 느낀 적이 있었다. 그리하여 그는 소기의 목적만큼 나에게 흥미를 끌지 못했다. 그는 자기의 충심으로가 아니라 수박 겉핥기식으로 사물을 묘사했다. 그런 의미에서 그 강의는 진정한 중심사상이 결여된 것이었다. 나는 그가 시인들처럼 자기의 심오한 경험을 다루었으면 좋았을 뻔했다고 생각했다. 그런데 나에게 거창한 답례가 돌아왔다. 한 사람이 내게 내가 생각하는 것을 물어온 것이다. 그리고 그는 답변을 기다렸다. 나는 놀라면서 쾌재를 불렀다. 그것은 그가 나에게 참으로 모처럼만에 일을 시킨 결과가 된 것이기 때문이다. 그는 기계의 성질을 잘 알고 있는 자 같았다. 보통 사람들이 나에게 뭔가 원하는 것이 있다면 그것은 단지 내가 그들의 땅을 몇 에이커나 답사했는가를 알고 싶어 한다거나

— 나는 측량사이니까 — 아니면 십중팔구 내가 갖고 있는 사소한 뉴스거리에 대해 알고자 하는 것일 뿐이다. 그들은 결코 나의 알맹이에 대하여 따지려 들지 않는다. 그들은 껍질을 오히려 좋아한다. 한번은 한 사람이 꽤 먼 데서부터 와서 나에게 노예제도에 대한 강의를 부탁했다. 그러나 그와 얘기를 하다 보니 그와 그의 동료들이 강의의 8분의 7쯤은 자기들의 것으로 나머지 8분의 1만 나의 것이 될 것으로 기대하고 있음을 알아냈다. 그래서 나는 거절하고 만 적이 있다. 어느 곳에서 어떤 문제에 대하여 내가 어떻게 생각하고 있는가를 알고자 하여 내게 강의를 부탁한다면 — 나는 그런 기회를 조금밖에 갖지 못했지만 — 비록 내가 이 나라의 가장 어리석은 자일지라도, 그리하여 그들에게 단순히 듣기 좋은 이야기는 할 수 없을지라도, 청중들이 용납한다면 나는 그 초대를 기꺼이 받아들인다. 그리하여 나는 그들에게 내 비장의 쓴 약을 제공하리라고 결심하는 것이다. 그들은 나에게 사람을 보내고 보수를 지불할 것도 약속한다. 그러면 나는 전례 없이 그들에게 싫증을 느낄지라도 가리라고 결심한다.

이제부터 나는 나의 독자인 여러분에게 그 비슷한 것을 이야기할 작정이다. 여러분은 나의 독자들이고 나 또한 그리 대단한 여행을 한 것도 아니니까 수천 마일 밖의 사람들에 대한 이야기는 하지 않겠고 할 수 있는 대로 가까운 이야길 해야겠다. 시간이 없다. 자질구레한 잔소리는 집어치우고 모든 비평의 말도 보류한다.

우리의 삶을 영위하고 있는 방법에 대해 생각해 보자.

이 세계는 온통 사업 투성이다. 끝없는 소란 덩어리. 나는 거의 매일 밤중에 기관차의 헐떡거리는 소리에 잠을 깬다. 그놈은 내 꿈을 훼방하는 거다. 안식일이란 없다. 잠깐만이라도 여가를 즐기는 인간을 본다는 것은 황송하기까지 한 일이 되었다. 일, 일, 그저 일밖엔 아무 것도 없다. 나는 내 생각을 적어 넣을 공책도 쉽게 살 수 없게 됐다. 그것들도 동전들의 지배하에 들어가고 만 것이다.

한 아일랜드인은 내가 들에서 글을 쓰는 걸 보고 내가 받을 임금을 계산하는 걸로 간주해 버렸다. 만약에 어떤 사람이 어려서 창문 밖으로 던져져 결국 살기 위해 앉은뱅이 행세를 하고 인디언들한테 자기의 재치를 이용해 돈을 벌게 되었다 하더라도 그가 가엽게 여겨지는 가장 커다란 이유는 그가 사업을 할 수 없게 되었다는 점에 있다는 거다. 나는 이 세상에서 시와 철학, 아니 생활 자체에 반대되는 것 중에 이 끊임없는 사업이라는 것보다 더한 놈은 없다고 생각한다. 범죄도 그보단 덜하지.

우리 읍의 교외에 한 천박하고 난폭한 돈벌레 같은 사내가 살고 있는데 그는 지금 자기 땅의 경계선을 따라 언덕 아래에 방축을 세우려 하고 있다. 밖의 침해로부터 자기를 보호하기 위해선 그렇게 해야 한다고 고집을 세우고 그러고는 내게 3주일간이나 자기와 함께 그 근방의 땅을 조사하는 일을 도와 달라는 거다. 그 일의 결과는 뻔하다. 자기 창고에 약간의 돈을 더 거두어 넣겠지. 그리고 후손들에게 바보같이 써버리라고 물려주기도 하고. 만일 내가 그 일을 하면 모두가 나를 근면한 노력형의 인간이라고 칭찬들을 하겠지. 그러나 만약 내가 비록 돈은 얼마 못 받더라도 좀 더 진정한 유익을 가져다 줄 일거리를 택한다면 그들은 아마 나를 한 게으름뱅이로 보게 될 거다. 그렇지만 나는 나를 통제하는 무의미한 짓을 하는 경찰도 필요 없고 또한 우리 정부나 다른 정부의 그 많은 사업들과 마찬가지로 이런 친구들의 기업을 조금도 칭찬할만한 것으로는 보지 않는다. 그 친구나 그런 족속들에게는 꽤 놀라운 일이겠지만. — 해서 나는 오히려 좀 다른 학교에서 내 수업을 마치고 싶은 거다.

만약에 어떤 사람이 숲을 사랑하여 매일 반나절을 숲속에서 산보하며 보낸다고 하자. 그는 자칫 잘못하면 놈팡이쯤으로 낙인이 찍힐 것이다. 그러나 만일 그가 투기자가 되어 온통 한 나절을 숲속에서 보내며 나무들을 모두 베어버려 땅덩이를 때도 되지 않아서 발가벗겨 버리면 그는 아마 근면하고 모범적인 시민으로 평가될 것이다. 마치 읍 전체가 숲 자체보다는 그걸 잘라서 쓰러뜨리는 데에만 관심을 두었었다는 듯이!

대부분의 사람들은 그들이 보수를 받기로 하고 단순히 돌멩이를 울 밖으로 던졌다가 또 다시 던져 넣는 그런 일에 고용되겠느냐고 하면 모욕을 느낄 것이다. 그러나 오늘날 많은 자들이 그보다 더 가치 있는 일을 하지는 않는다.

예를 들어보자. 어느 여름날 아침 해가 떠오를 무렵에 나는 나의 이웃사람이 자기의 황소와 함께 걸어가고 있는 것을 본 적이 있다. 그 소들은 무거운 돌을 천천히 끌고 있었다. 근면한 모습들을 하고 말이다. — 그의 이마가 땀으로 젖음과 함께 하루의 일과가 시작된 거다. 놈팡이나 게으름뱅이들은 양심에 가책을 받을만하지. 황소들의 어깨를 나란히 하게하고 반쯤 돌아서서 부드러운 채찍을 휘두르면 이내 그놈들은 그에게 달라붙곤 했다. 그때 나는 생각했다. 저것이야말로 미국의 국회가 보호해 주어야 할 일이다 — 하루 종일 변함없는 정직하고 사내다운 노고. 그의 빵을 달게 하고 사회를 행복하게 지켜주는, 그리하여 모든 사람들이 존경하고 헌신하는 일, 진절머리나는 고역이 아니라 필요한 것을 하는 — 저것은 하나의 성스러운 대열이다. 정말로 나는 약간의 가책을 느꼈다. 나는 그 광경을 창밖으로 구경만 했지 실제로 나가서 그와 같은 일을 하지는 않았던 것이다. 하루해가 지났다. 저녁 때 나는 다른 이웃사람의 밭을 지나고 있었다. 그는 많은 일꾼들을 부리며 숱한 돈을 바보같이 써버리는 자였다. 그러면서도 공적인 사업에는 한 푼도 내지 않는다! 그런데 나는 거기에서 아침의 그 돌이 로드 티머디 덱스티네 집 재산을 치장하기 위한 괴벽스러운 건축물 옆에 부려진 것을 봤다. 곧 내 눈에는 그 황소들을 이끄는 노동자에게서 위엄이 사라지고 말았다. 태양은 적어도 이보다는 더 가치 있는 노고를 비추기 위해 만들어진 것이 아닐까 하고 나는 생각해 본다. 그 후 그의 고용주는 읍에 많은 빚을 지고는 도망을 쳐 어딘가에 자리를 잡아 또 그 따위 곡예의 후원자가 되었다고 하는 사실을 덧붙여 이야기해둔다.

여러분이 거의 이의 없이 돈을 버는 데 사용하는 그 방법들은 타락으로 향하는 것이다. 단순히 돈을 벌기 위해 무엇인가 한다는 것은 진정으로 게을러지고 더러워지는 것이다. 만일 일꾼이 고용자가 지불하는 것만큼의 임금밖에 더 받지 못한다면 그는 속고 있는 것이며 스스로 기만하고 있는 것이다. 만약 여러분이 작가나 강사로서 돈을 벌려고 한다면 우선 유명해져야 하는데 이것이야말로 곧장 내리막길을 달리는 것이 된다. 공동사회가 즉각적으로 대가를 지불해 주는 그런 따위의 사업을 연출한다는 것은 매우 불쾌한 일이다. 여러분은 인간으로서가 아니라 그보다 못한 어떤 존재로서 보수를 받는 것이다. 국가는 보편적으로 천재를 지혜롭게 대우해 주지 않는다. 계관시인이라 할지라도 그냥은 왕실의 행사를 축하하지 않으려 한다. 국가는 그를 포도주 등으로 매수해야 한다. 그러면 아마 다른 시인이 또 그 통의 크기를 재기 위해 명상에서 뛰쳐나올 게다. 나 자신의 일만 봐도 그렇지. 내가 그토록 만족스럽게 할 수 있는 그런 측량의 일도 나의 고용주들은 원하지 않는다. 그들은 오히려 내가 일을 조잡스럽게 하면 좋아할 것이다. 아니 아주 충실하지 않기를 바란다. 내가 측량의 방법이 몇 가지 있다고 설명을 하면 나의 고용주들은 한결같이 어떤 방법이 정확한가를 묻는 게 아니라 어떤 방법으로 하면 자기들의 땅을 많이 소유하게 되는가를 묻는 것이다. 한번은 내가 목재더미를 측량하는 자를 고안해서 그것을 보스턴에서 사용하려고 한 적이 있었다. 그러나 그곳에 있는 측량사는 나에게 목재상들이 자기들의 목재를 정확하게 재는 것을 원하지 않고 있다고 일러주는 것이었다. 그리고 자기는 이미 정확하게 알고 있으며 그 때문에 그들은 다리를 건너기 전 챨스타운에서 목재를 측량한다고 했다.

　노동자의 목적은 그의 삶을 영위한다거나 '좋은 일자리'를 얻는 것이 아니라 어떤 일을 훌륭하게 완성하는 것이어야 할 것이다. 그리고 읍으로서도 노동자들에게 임금을 넉넉히 줌으로써 그들로 하여금 자기네들이 단순히 연명만을 위해서 구차스런 목적 아래 일을 하는 게 아니라 학문적이며 나아가서는 도덕적인 목적을 위해 일을 하고 있다고 느끼도록 하는 것이 경제적일 것이다. 자기들의 마음에 맞도록 그렇게 잘 고용된 사람이 불과 얼마 되지 않는다는 사실에 우리는 주목해야 할 것이다. 그나마도 약간의 돈이나 명예만으로 그들을 현재의 일터에서 얼마든지 지낼 수 있다. 나는 활동력 있는 젊은이를 구하는 고용주를 보았다. 마치 활동력이야말로 젊은이의 전 재산인 듯이. 헌데 성인이 된 나에게 한 사람이 와서 자기의 사업에 종사할 것을 일종의 자신을 가지고 제의해 왔을 때 나는 깜짝 놀랐다. 그에게 있어서 나는 마치 이제 아무 할 일도 없으며 죽 실패만 해온 인간으로 보인 듯했다. 내가 보수를 받을 수 있으리라고 어떻게 믿을 수 있겠는가? 마치 자기가 바람을 거슬러 대양을 건너와 갈 데 올 데 없는 한 중간에서 나와 타협이나 한 듯이 자기와 함께 가자고 제의를 해온 것이다. 만일 내가 수락했다면 여러분들의 생각엔 해상보험업자들이 뭐라고 말하겠는가? 아니다. 절대 아니다! 나는 이 항해에 처음부터 고용되었었다. 진실을 말한다면 나는 소년시절에 내가 태어난 항구를 어정거리다가 건강한 선원을 구하는 광고를 보았던 것이다. 나이가 차자 곧 나는 일에 뛰어 들었다.

사회는 지혜 있는 자를 유혹할 만한 뇌물을 갖고 있지 않다. 여러분은 벌어들인 돈으로 산에 터널이라도 충분히 뚫을 수 있을 것이다. 그러나 아무리 돈을 모아도 그것으로 자기의 사업에 전념하는 한 인간을 살 수는 없다. 유능하고 가치 있는 인간은 공동사회가 자기에게 보수를 주던 안 주든 자기가 할 수 있는 그 일을 한다. 무능한 자는 자기의 무능을 높은 명령권 자에게 바치고 그리하여 영원히 사무실에 들어앉아 있게 되기를 원한다. 그들이 여간해 절망하지도 않는다는 사실은 상식적으로 알 수 있다.

　아마도 나는 나의 자유에 대해 존경도 하지만 그보다 그것을 지키기에 더욱 초조해 하고 있는 듯하다. 사회에 대한 나의 관계와 의무는 아직도 매우 가냘프고 일시적인 것으로 느껴진다. 나의 연명을 유지하게 하고 어느 정도 나의 이웃에 봉사하게 해 주는 그 사소한 일들이 (그 당시 도로우는 연필을 제조하며 생활했다 — 譯註) 나에겐 통속적이나 즐거움을 주고 있으며 종종 그것들이 필요한 것임을 상기하게 된다. 지금까지는 성공적인 셈이다. 그러나 나의 필요성이 점점 증가하게 되면 그것을 충당하기 위한 일은 곧 단조롭고 고된 일이 되어버릴 것임을 나는 잘 알고 있다. 만일 내가 많은 사람들이 하듯 사회에다 나의 오전과 오후를 다 팔아버리게 된다면 그 때엔 나의 생에 가치를 줄 만한 아무것도 남아 있지 않게 될 것이 분명하다. 나는 믿는다. 적어도 나는 팥죽 한 그릇에 내 출생의 명분을 팔지는 않을 것이다. 무척 근면한 사람이 자기의 시간을 잘 사용하지 못하고 있는 사실에 대해 생각해 본다. 자기의 목숨을 유지하기 위해 인생의 전부를 바치는 자보다 더 치명적인 실패자는 없다. 위대한 사업은 모두가 자신을 충족시킨다. 예를 들면 제재소에서 톱밥으로 보일러를 충당하듯 시인은 자기의 시로 자기의 몸을 부양해야 한다. 여러분은 사랑함으로써 살아야 한다(You must get your living by loving). 그러나 상인 100명 중에 97명은 실패한다는 말이 있듯이 일반적으로 위와 같이 살고자 하는 자들의 삶은 실패요 끝내는 틀림없이 파산을 점치게 될 것이다. 어쩌다보니까 운 좋게 세상에 떨어졌다는 것은 태어난 것이 아니라 차라리 사산(死産)된 것이다. 친구들의 적선이나 정부가 주는 연금의 공급을 — 여러분의 호흡을 계속하기 위해 — 받는다는 것은 그따위 관계를 아무리 그럴듯한 동의어로 묘사한다고 해도 결국 빈민구제소에 들어가는 것일 뿐이다. 주일에 어떤 가난한 빚진 자는 교회에 가서 장부를 맞추어 본다. 물론 그는 자기의 지출이 수입보다 더 많았음을 발견한다. 천주교에서는 특별히 고해소(Chancery)에 가서 솔직한 고백을 하고 모두 백지로 돌리고 새로운 출발을 생각한다. 그리하여 사람들은 그들의 등을 대고 바닥에 누워서 인간의 타락을 이야기하며 좀처럼 일어나려고도 하지 않게 되었다.

남들이 자기의 삶에 적응하는 상당한 요구에 응하여 적당한 사회적 성공으로 만족하고 자신의 목표들을 직격탄으로 모두 명중되는 그런 인간과, 비록 자기의 삶이 구차하고 성공적이 못 된다 하더라도 수평선을 향한 가느다란 초점으로나마 부단히 자기의 목표를 상승시키는 인간의 사이엔 중요한 차이가 있다. 비록 동양에서는 "항상 밑을 보는 자에게 위대함은 찾아오지 않으며 높은 곳을 바라보는 자마다 더욱 비천하여질 뿐이다.”고 말한다 하더라도 나는 즐거이 후자가 되겠다.

삶을 살아가는 것에 대한 기억할 만한 기록이 조금밖에 혹은 전혀 없음은 심상치 않은 일이다. 어떻게 하면 그저 단순히 솔직하고 명예로운 삶이 아니라 전적으로 훌륭하고 영광스러운 삶을 살아갈 수 있도록 할 것인가? 만일 삶을 살아갈 길이 없다면 역시 삶조차 없는 것이기 때문이다. 문학적인 의미에서 사람들은 이런 문제가 한 고고한 개인의 명상을 혼란시키지는 아니할 것이라고 생각할 것이다. 인간들은 그들의 경험으로 인해 너무나도 지쳤으므로 그것에 대해 이야기조차 할 수 없게 된 것일까? 돈이 가르쳐 준 가치에 대한 훈계를, 우주의 창시자가 우리에게 가르쳐 주기 위해 그토록 애를 쓴 그 훈계를 우리는 송두리째 간과해 버리는 경향이 있다. 각종 인간들의 삶의 수단에 대해 무관심한 모양을 보면 놀라울 정도다. 이른바 개척자들도 그들이 그것을 상속받았든, 스스로 취했든, 훔쳤든 간에 마찬가지다. 이 경우에 있어 사회는 아무런 일도 우리에게 해주지 못한다고 나는 생각한다. 끝내는 그가 한 것조차 취소해 버린다. 나의 자연한테는 인간들이 그것들을 보호하기 위해 마음을 써서 적용한 수단들보다는 추위와 굶주림이 더욱 친근한 친구로 느껴지는 것이다. 지혜롭다는 명제는 대부분 잘못 사용되고 있다. 만일 그가 삶의 방법에 대하여 다른 사람보다 더 잘 알지 못한다면, 만일 그가 그저 조금 민첩하고 지적으로 예민할 뿐이라면, 어떻게 그가 지혜로운 자가 될 수 있을 것인가?

지혜란 연자 맷돌의 권태 속에서 일하는가? 아니면 어떻게 자기를 본받아서 성공할 것인가를 가르치는 건가? 삶에 있어서 지혜라는 것처럼 적응이 안되는 게 또 있을까? 그것은 단순히 완전무결한 논리를 가루로 만들어버리는 제분업자인가? 플라톤이 과연 그의 동료들보다 좀 더 성공적으로 혹은 더 훌륭한 방법으로 삶을 살았는가, 한번 물어볼 만한 문제다. 아니면 그는 다른 사람들과 마찬가지로 삶의 곤경에 굴복했던가? 단순히 무관심으로 혹은 대범한 체 함으로 그것들을 슬쩍 넘어서려 했던가? 혹은 자기 백모의 유언장 덕분에 안이하게 살 수 있었던가? 대부분의 사람들이 사는 방법 즉 그들의 삶은 단순한 임시변통일 뿐이다. 그것은 진정한 삶을 회피하는 것으로서 주된 원인은 그들이 더 좋은 것에 관하여 모르기 때문이요 부분적 원인은 그대로 따라하지 않으려 하기 때문이다.

그 실례로 캘리포니아의 인간사태[3]와 그에 대한 단순한 상인이 아닌 이른바 철학자 선각자라는 자들의 태도를 보라. 그들은 인류에게 최대의 망신을 주었다. 그 숱한 인간들은 요행으로 살아나갈 셈이었다. 그리하여 자기들보다 덜 요행스런 인간들에게 사회를 위한 하등의 공헌도 없이 노동력을 명령하는 수단을 썼던 것이다. 게다가

---

3) 1948년 1월 캘리포니아의 아메리칸 강에서 금이 발견되자 순식간에 인구가 그리 쏠리기 시작했다. 인구 1만 4천이었던 것이 그해에 2만으로 다음해인 1949년에는 10만이 되었다.

60

그것을 모범적인 사업이라고들 했다니! 나는 모든 삶의 양상이나 상업이 그토록 비도덕적으로 발전할 줄은 몰랐다. 그런 인간들의 철학이나 시나 종교란 것들은 이끼버섯의 가루보다도 가치 없는 것들이다. 주둥이로 흙을 파헤쳐 먹고 사는 오물 투성이 숫돼지라도 그 무리들을 보면 얼굴을 붉힐 게다. 만일 내가 이 세상의 재산을 내 손가락 하나로 좌우할 수 있다면 그 따위를 위해서 그 정도의 대가를 지불하지는 않을 것이다. 신(神)이 이 세상을 농담 삼아 만들지 않았다는 것은 마호메트도 알고 있다. 신은 이제 엎어지며 달려오는 군상들을 보려고 한 움큼의 동전을 뿌리는 돈 많은 신사로 변해 버렸다. 온통 복권의 대상이 된 세상! 이런 우리의 제도에 새삼 무슨 언급이 필요할까? 비난조차 할 필요 없다. 결국 인류는 스스로 제 목을 나무에 매달게 될 것이다. 성서의 그 많은 교훈들은 고작 이따위를 인간들에게 가르쳤단 말인가? 인류의 최후 최대의 발명품이란 게 겨우 이 개량된 오물 수거법이란 말인가? 이것이 동양인과 서양인의 만남의 터전인가? 신은 우리에게 씨 뿌리지도 않은 땅을 파먹고 살게 했던가? 그러고는 우리에게 금덩이를 안길 참인가?

신은 의로운 자에게 먹고 입을 떳떳한 권리를 보증해 주었다. 그러나 불의한 자도 신의 창고에서 그와 똑같은 것을 발견하고 그것을 훔쳐내어 의로운 자와 마찬가지의 음식과 의복을 소유하게 되었다. 그것은 세계의 가장 커다란 위조 조직 가운데 하나다. 나는 인류가 금의 부족 때문에 곤란을 당할 줄은 몰랐다. 나는 금을 조금 밖에는 못 봤다. 그게 매우 유연하다는 건 알고 있지만 이지(理智)만큼은 유연하지 못할 것으로 알고 있다. 금 구슬은 매우 황홀할 것이다. 그러나 지혜의 구슬만은 못 하리라.

산골짜기의 채금자는 샌프란시스코의 술집에 있는 친구들과 조금도 다름없는 노름꾼이다. 먼지를 털어대는 것과 주사위를 흔들어대는 것이 어디가 다른가? 여러분이 얻으면 사회는 잃는다. 비록 전표가 있고 거기에 따라 보수를 받는다고 하더라도 채금자는 정직한 노동자의 적일뿐이다. 금을 얻기 위해 아무리 열심히 일했다고 이야기해도 별 수 없는 일이다. 악마도 그만큼은 열심히 일한다. 배덕자의 길은 여러 가지로 고될 것이다. 검소한 구경꾼들은 금광에 가서 보고는 말한다. 금 캐기는 꼭 제비뽑기 같다고. 그렇게 해서 손에 넣은 금은 정직하게 일해 받은 보수와는 다른 것이라고. 그러나 실상은 그 구경꾼은 자기가 본 바를 곧 망각한다. 왜냐하면 그가 본 것은 사실 뿐이었고 그 원리는 보지 못했기 때문이다. 그리하여 거기 있는 상점으로 달려가 사실에 얼마쯤 눈이 어두워져 사람들이 다른 복권이라고들 하는 것으로 한 장 산다.

어느 날 저녁 하아위트[4]가 쓴 호주의 금광에 대한 이야길 읽은 후, 수없는 계곡과 거기 흐르는 개울들이 군데군데 끊기어 깊이 10피트에서 100피트까지 지름 6피트쯤 되는 보기 흉한 구멍들이 잇달아 나 있고 그 일부는 물이 차 있으며 — 인간들이 저마다 요행을 찾

---

4) Hawitt William(1792-1897):영국의 잡문가. 호주여행기. 1865년 『호주발견사』 출판.

아 몰려든 현장으로서 — 도무지 어딜 파야 할지 몰라 — 자기들의 숙소 바로 아래 금이 있는 줄도 모르고 — 때로는 광맥을 발견하기까지 — 160피트씩이나 파야 했으며 혹은 한 발짝 차이로 그걸 놓치기도 하고 — 악마같이 되어 돈에 목말라 남의 권리야 아랑곳하지 않으며 — 30마일이나 되는 계곡이 온통 100여 명도 더 빠져 죽었을 구멍으로 벌집같이 되어버리고 — 진흙과 먼지를 뒤집어쓰고 물 가운데 서서 밤낮으로 일하다가 사고와 질병으로 숨겨간 인간들의 모습 같은 것들이 밤새도록 나의 눈에 떠올랐다. 그것을 읽으면서 그중의 일부분은 잊어버린 채 나는 우연히 내 만족스럽지 못한 생활, 남이 하는 일을 그대로 하는 나의 생활을 생각하고 있었다. 그리고 아직 나의 앞에 펼쳐져 있는 굴 파는 모습들을 그려보며 왜 나는 비록 적은 양이라 하더라도 매일매일 금을 어루만질 수 없는가하고 스스로 물었다. 왜 나는 나만의 금을 찾아 갱을 내려가 거기서 일을 하지 않는가. 너를 위한 벤딩고(Bendingo:호주 빅토리아 주의 금광도시 — 譯註)도 있다. 음산한 계곡이면 무슨 상관이냐? 무슨 수가 있더라도 나는 한 오솔길을 따라 걸어야겠다. 하여 비록 후미지고 좁고 굽으러졌다 해도 그 길을 나는 경외와 사랑을 가지고 걸으리라. 하나의 인간이 군중으로부터 떨어져 나와 이렇게 자기의 길을 걷는다면 비록 일반 여행자들에겐 말뚝 사이의 간격만이 보일지라도 그는 항상 갈림길을 만나게 된다. 넓은 땅을 건너는 그의 고독한 오솔길은 그중 더 높은 길이었음이 판명되리라.

사람들은 캘리포니아로 호주로 마치 금이 그쪽에서 발견되는 줄 알고 몰려간다. 그러나 그것은 금이 있는 곳의 정반대 끝으로 가는 것이다. 그들은 진짜 가야 할 곳에서 점점 더 멀어지고 그리하여 자기들이 거의 성공했다고 생각하는 순간은 바로 심각한 불행의 순간이 된다. 우리의 흙 자체가 이미 금붙이가 아니던가? 황금의 산에서 흘러내리는 개울이 우리의 마을을 통과하지 않는가? 그리하여 아득한 세월 빛나는 가루를 모아다가 우리에게 금덩이를 이루어주지 않던가? 그러나 만약에 어느 발굴자가 이 진짜 금을 노려 우리 주변의 미답지로 남몰래 들어간다고 해도 누가 그의 뒤를 미행한다거나 음흉한 수단으로 그를 해치우려들 위험성은 없다. 그는 온통 계곡 전부의 소유권을 주장하고 개발된 곳이건 아니건 마음껏 뒤질는지도 모르지. 허나 그 아무도 그의 주장을 꺾으려 덤비지는 않을 테니까 그는 일생을 평화스럽게 지내리라. 그들은 그의 선광대(選鑛臺)랑 톰(Tom:사금도태〈砂金淘汰〉용의 긴 홈 — 譯註)에 대해 관심도 안 둘 것이다. 벤딩고에서처럼 12평방피트의 넓이로 한정될 것도 아니고 아무 곳이나 채광하여 그 넓은 세상을 자기 톰으로 씻을 수도 있을 것이다.

하아위트는 호주의 벤딩고 금광에서 28파운드나 나가는 금덩이를 발견한 한 사나이에 대해 말해준다. "그는 곧 술을 마시기 시작했다. 말을 사서는 늘 타고 다녔다. 그것도 대개는 전속력으로. 사람들을 만나면 자기가 누군지 아느냐고 물어보기 위해 그들을 불러 세우는 것이었다. 그리곤 친절하게 자기가 누구라는 것을 귀뜸해준다. '노다지를 발견한 지독하게 비참한 놈'이라고. 끝내 그는 한 나무를 향해 전속력으로 달려들어 골통이 거의 뻐그러지고 말았다." 그러나 그따위 위험은 없었으리라고 나는 생각한다. 그는 노다지에다 대고 이미 제 머리통을 부숴버렸으니까 말이다. 하아위트는 덧붙인다. "그는 가망 없는 파멸된 인간이다."

그러나 그는 그런 인간들의 한 유형에 불과하다. 그들은 모두 탕자들이다. 그들이 파내던 곳의 이름들을 살펴보자. '멍텅구리 마당', '양대가리 골짜기', '살인자의 빠' … 뭐 이렇다. 이런 이름들 안에 어떤 빈정거리는 투가 보이지 않는가? 그로 하여금 그들의 부정한 재산을 가져가게 하라. 나는 이렇게 생각한다. 그들이 사는 곳은 역시 '살인자의 빠'가 아니라면 '멍텅구리 마당'일 것이다.

우리는 그 미숙한 채로 나타난 모범적인 사업인 디아리엔 협곡(Isthmus of Diarien:파나마 운하의 동쪽 유역. 파나마 공화국 소속 — 譯註)의 묘지 약탈에 우리의 에너지를 마지막으로 사용했다. 최근의 보고서에 의하면 이런 종류의 채광업을 규제하는 법률이 뉴그라나다의 법정에서 제2차 심의회를 통과했다고 한다. 그리하여 「트리뷴지」의 한 기고자는 이렇게 썼다. "건조기에 멀리 볼 수 있도록 날씨가 허용만 한다면 틀림없이 다른 풍요한 구아카스(Guaca:잉카의 종교적 예배와 관련된 대상의 일반적 명칭. 우상, 성전, 묘지 등 여기에서는 묘지 — 譯註)가 발견되리라." 그는 이주민에게 말한다. "12월 전에는 오지 말아라. 보카렐 토토의 루트보다는 우선적으로 협곡의 루트를 취하고 쓸 데 없는 짐은 가져오지 말 것이며 천막을 가져오느라고 애쓸 것도 없다. 그러나 좋은 담요 한 벌은 필요할 것이다.

그리고 튼튼한 곡괭이, 삽, 도끼면 필요한 건 거의 다 준비된 셈이다." 「버어커의 안내서」에서 따왔을 그런 충고다. 그리고 그는 이탤릭체와 대문자를 사용하여 다음과 같이 끝을 맺었다. "만일 순조롭게 되거든 거기에 머물라." 이 말이야말로 이런 의미로 해석될 수 있으리라. "만일 순조롭게 묘지를 약탈하여 잘 살 수 있게 되거든 거기에 묻혀라."

그러나 왜 텍스트를 위하여 캘리포니아까지 가는가? 캘리포니아는 뉴잉글랜드의 학교와 교회에서 성장한 뉴잉글랜드의 딸이 아니던가?

모든 설교자들 중에 도덕적인 선생은 불과 얼마 되지 않는다는 사실에 주목할 만하다. 예언자들은 인간의 행위를 변명하는 일에 고용되었다. 자칭 시대의 선각자라고 하는 공경 받는 연장자들의 대부분은 열광도 전율도 아닌 정중하고도 추억에 잠긴 듯한 미소를 띠고 그것을 모두 한 덩이로 만드는 일 즉, 금덩이를 만드는 일들에 대하여 너는 너무 신경과민이라고 나에게 말한다. 이 문제에 대하여 내가 듣는 최고의 충고는 아첨을 하라는 것이다. 그리고는 이런 말이 반복되었다. — 이 특이한 세계의 개혁을 떠맡겠다는 네 수고는 가치가 없는 것이다. 어떻게 네 빵에 버터가 발라지는가를 묻지 말라. 그런 일을 한다면 너는 병이 들 것이다.— 대충 이런 말이었다. 인간은 빵을 버느라고 자기의 천진성을 상실하기 보다는 차라리 굶주리는 것이 좋을 것이다. 닳아빠진 사람 안에 천진한 것이 들어 있지 않다면 그는 다만 하나의 악마의 사자일 뿐이다. 우리는 나이를 먹을

수록 더욱 초라하게 산다. 우리는 우리의 고된 훈련 가운데서 약소한 휴식을 취하고 나아가서는 우리의 순수한 본능까지도 거역한다. 그러나 우리는 우리보다 더 불행한 자들의 조롱을 등한시하는 극단의 건전성이라는 것에 대하여는 신경을 써야 할 것이다.

과학이나 철학에서도 일반적이고 절대적이고 진정한 설(說)은 없는 법이다. 학파와 고집의 정신은 하늘의 별들에까지 발굽을 뻗쳤다. 인간들은 별들이 떠돌이인가 아닌가를 알아내기 위해, 아니 그 문제를 놓고 토론을 벌이는 수밖에 없다. 왜 우리는 땅 뿐만 아니고 하늘까지도 어질러 놓아야 하는가? 케인 박사가 비밀공제조합의 일원이며 존 프랭클린 경도 다른 비밀공제조합원이라는 사실이 밝혀진 것은 불행한 일이다. 그러나 더욱 비참한 것은 아마도 위의 이유 때문에 케인 박사[5]가 프랭클린 경을 탐색하게 되었을 것이라는 상상이다. 이 나라에는 중요한 문제에 대한 어떤 이의 의견을 아무런 보탬도 없이 그대로 대담하게 실어주는 대중 잡지가 하나도 없다. 그것은 디디(D · D, 신학박사)들에게 부탁해야 하게 되어 있다. 디디라니 내겐 치카디디(chickadeedee, 박새 무리) 같이만 생각된다.

이제 인류의 장례식에 참례하는 것이 자연 현상에 참례하는 것으로 되어 버렸다. 얼마 안 되는 사상이 온 세계에 무덤을 파는 일을 한다. 나는 여러분이 무의식중에 그의 사회 안에서 혼잣말을 할 수

---

5) Dr. Kane, Eisha Kent(1800~1857):과학자 탐험가. 그린랜드의 북서쪽 탐험. 1850년 Edwin de Haven의 지휘 아래 실종된 Franklin의 수색 작업에 참가.

있을 정도로 관대하고 진실로 자연스런 지성을 가진 인간을 잘 알지 못한다. 여러분이 그토록 같이 이야길 나누고 싶어 하는 자들의 대부분이 곧 자기들이 주동이 되어 있던 그 기구에 반대하는 입장에 선다. 즉, 우주적으로가 아니라 부분적으로 사물을 보는 것이다. 그들은 여러분과 하늘의 사이에다가 계속하여 자기네 좁은 채광창이 있는 낮은 지붕을 들이밀 것이다. 하늘은 가리는 게 없어야 볼 수 있다. 그따위 빈약한 추론은 집어 치우라. 여러분의 창을 닦으라. 어떤 강의에서 그들은 자기네가 종교에 관한 문제는 거절하기로 투표하여 결정했다고 내게 일러 주었다. 그러나 내가 그들의 종교가 무언지 또 그때 내가 그 종교에 가까이 있는지 멀리 떨어져 있는지 어떻게 아는가? 나는 그 투기장에 걸어 들어가 최선을 다하여 내가 경험한 종교에 대하여 마음을 터놓고 얘기했다. 그런데 청중은 나의 의도를 전혀 짐작도 못하는 것이었다. 강의도 그들에게 달빛처럼 아무에게도 해를 주지 않았다. 만일 내가 역사상 위대한 말썽꾸러기들의 전기를 읽어주었더라면 그들은 내가 자기네 교회의 집사들의 생애에 대한 글을 썼다고 생각할는지도 모른다. 보통 있는 질문은 그가 어디 왔는가 혹은 어디로 가는가이다. 그보다 적절한 물음을 나는 청중 가운데 한 사람이 다른 사람에게 묻는 가운데 엿들은 적이 있다. "그는 지금 무엇을 강의하고 있는 거지?" 그 말을 듣고 나는 온몸이 오싹했다.

냉정하게 말하자면 나는 그들의 속에 하나의 세계를 포함하고 있는 평온무사한 자들을 최선의 인간으로는 보지 않는다. 왜냐하면 그

대부분은 형식 속에서 살며 아첨하고 다만 다른 자들보다 그럴듯하게만 보이도록 외모를 꾸미기 때문이다. 우리는 화강석을 구해다가 집과 창고의 주춧돌로 놓으며 돌담을 세운다. 그러나 우리는 가장 기초가 되는 그 바위, 화강석 같은 진리 위에 우리 자신을 쉬게 하지 않는다. 우리들의 문지방은 썩었다. 순수하고 섬세한 진리를 가지고 우리들 사고에 동조하지 않는 자가 만드는 것이야말로 얼마나 보잘 것 없는 것인가? 나는 가끔 경박한 언동을 하는 내 친한 친구들을 비난할 때가 있다. 예의나 인사치레는 있으면서도 우리는 서로 만나지 않으며 야수들의 정직과 성실 혹은 바위 같은 인정과 고고함의 훈계를 서로 가르치지도 않는다. 그러나 이는 피차간의 잘못이다. 우리는 평소에 서로가 그 이상을 요구하지 않고 있는 것이다.

코슈드[6]에 대한 흥분은 보라. 얼마나 특이하지만 그러나 피상적인가? 그것은 정치나 춤바람의 일종이었다. 사람들은 방방곡곡에서 그에게 말을 걸어왔다. 그러나 그들은 모두가 각각 다만 대중의 사고 아니면 대중의 사고의 부족을 표현할 뿐이었다. 아무도 진리 위에 서지 않았었다. 그들은 단순히 그저 서로 기대어 있는 듯이 그것도 허무 위에서 무리를 지었을 뿐이다. 마치 힌두족들이 세계를 코끼리 등에 올려놓고, 코끼리는 거북이 등에, 거북이는 뱀의 등에, 그리고 뱀 아래에는 아무것도 두지 않음과 같다. 그 난장판의 결과로

---

6) Kossuth, Louis(1802~1894):헝가리의 마자르인. 독립을 위해 싸우다가 1837년 투옥, 1849년 터어키로 귀양갔다가 1851년 도미, 헝가리의 독립을 호소.

우리는 코슈드모(帽)를 갖고 있는 것이다. 우리들의 평상시 회화는 대부분이 너무나도 속이 비고 효력이 없다. 껍질이 껍질과 만나는 것이다. 우리의 삶이 내면을 향하여 자기만의 것이 되기를 그치는 때 회화는 단순한 잡담으로 타락한다. 우리는 자기가 신문에서 봤거나 친구들한테 들은 것 외에 뉴스거리를 이야기해 주는 사람을 좀처럼 만나지 못한다. 그리고 대체로 우리와 우리 친구와의 다른 점은 그는 신문을 보고 밖에서 차를 마시고 하는데 우리는 그렇지 않다는 것이다. 우리의 내면의 삶이 실패함에 따라 우리는 더욱 빈번하게 그리고 기를 쓰고 우체국으로 가게 된다. 인간은 거기에 의지할 것이다. 그 가련한 친구는 숱한 편지뭉치를 들고 돌아다니며 광범위한 자기의 서신거래를 자랑하는 동안 자기 자신한테서는 한 마디도 듣지 못하고 만다.

내가 알고 있는 것은 다만 한 주일에 신문 하나를 읽는 것이 좀 과하다는 것뿐이다. 최근에 나는 그렇게 하려고 해 보았다. 그동안 나는 내 본연의 영역 안에 살고 있지 않는 것만 같았다. 태양도 구름도 눈도 나무도 나에게 많은 말을 들려주지 않았다. 인간은 두 주인을 섬길 수는 없다. 하루의 가치를 알고 소유하기 위해서는 하루쯤의 노력으로는 되지 않는다.

우리가 하루 종일 읽고 본 것들이 무엇이던가를 얘기하자면 부끄러울 때가 많다. 인간들의 꿈이나 기대에 비하여 어쩌면 그렇게도 우리의 뉴스들은 진부하고 천박하게 전개되는지 나는 모르겠다. 우리가 듣는 뉴스들은 대부분 신선하게 들리지도 않는다. 낡아 빠진 반복일 뿐이다. 여러분은 때로 저 등기소 직원인 호빈즈를 꼭 25년 전쯤 바로 이 길 위에서 만난 것만 같은 생각이 들어 의아해 할 때가 있을 것이다. 그때 여러분은 1인치도 빗나가지 않았던가? 매일 매일의 뉴스라는 게 꼭 이렇다. 뉴스거리가 되는 사건들은 버섯의 홀씨처럼 보잘 것 없이 공중에 둥둥 떠다니며 어떤 엽상체나 아니면 우리들 마음의 거죽에 기생하여 자라는 것이다. 우리는 그따위 뉴스들을 깨끗이 씻어내야 한다. 우리의 운성(運星)이 폭발한다 해도 그 폭발에 아무런 성격이 포함되지 않았다면 그게 무슨 중요성을 갖는가? 병들지 않은 한 우리는 그런 뉴스에 조금도 흥미를 느끼지 않는다. 우리는 보람 없는 심심풀이를 위해 사는 것이 아니다. 나는 세계가 폭발하는 것을 보기 위해 구석구석 뛰어 다니지는 않을 것이다.

아마 여러분은 여름 내내 그리고 가을이 깊어지도록 무의식적으로 신문과 뉴스들에 묻혀 지냈으리라. 그리고 이제는 그 이유가 우리의 아침과 저녁이 온통 뉴스로 가득 차 있었기 때문임을 알고 있다. 여러분의 산보는 작은 사건들로 장식된다. 여러분은 유럽의 사건이 아니라 이 매사추세츠에서 여러분 자신의 사건에 간섭하는 것이다. 만일 여러분이 뉴스거리가 되는 사건들이 스며 나오는 그 엷은 지층에서 —뉴스들이 인쇄되는 종이보다도 더 얇은— 돌아다니며 살기로 작정한다면, 그러면 이런 일들이 그대를 위해 세계를 메워줄 것이다. 그러나 만일 여러분이 그 수평을 뛰어 넘거나 혹은 그 아래로 숨어든다면 그것들을 기억하지도 못하고 그것들에게 기억되지도 아니할 것이다. 매일같이 떴다가 지는 해를 바라보며 우리 자신을 우주적 사실에 관계시킨다면, 그렇다면 참으로 우리는 영원히 건전하게 보존될 것이다.

국가라!

도대체 국가란 무엇인가? 달탄족, 흉노 중국의 되놈들! 모두 버러지들처럼 우글거린다. 역사가들은 그것들을 기억에 남기려고 애를 쓴다. 사람들이 그토록 많이 있는 것, 그것은 하나의 인간이 있어야 하기 때문이다. 세계를 사는 것은 개인들이다. 생각 있는 사람들이라면 누구든지 로댕의 정신을 좇아 이렇게 말하리라.

"높은 곳에서 나라들을 내려다보니
내 앞에서 그것들은 재가 되어 버린다.
구름 안의 내 자리는 조용하고
넓은 들판의 휴식처는 즐겁도다."

제발 서로 저희들끼리 귀를 물어뜯으며 언덕이나 골짜기를 천방지축으로 쏘다니는 에스키모의 개들에게 이끌리며 사는 신세는 되지 말아야겠다.

위험성에 대한 가벼운 전율을 느끼며 나는 가끔 얼마나 내가 그 길거리의 뉴스 — 진부한 사건들의 내막 — 을 내 마음 속에 간직할 뻔 했는가를 감지할 때가 있다. 그리고 나는 사람들이 얼마나 즐겨 자기의 마음을 그런 잡동사니로 메우고 있는가를 — 생각을 위해 정돈되어 있어야 할 바탕을 쓸데없는 낭설이나 무미건조한 사건들로

어지럽히고 있는가를 — 보고는 놀라움을 금치 못하는 것이다. 마음이라는 것이 길거리의 사건이나 티 테이블의 잡담이 토론되는 공중의 무대가 될 수 있을 것인가? 아니면 그것은 하늘 자체가 거하는 곳이 되어 신들에게 예배하기 위해 바쳐진 지붕 없는 성전이 되어야 할 것인가?

　나는 나에게 중요한 어떤 적은 일들을 처리하기가 매우 어렵다는 것을 알고 있다. 그리하여 나는 중요하지 않은 것들에 내 주의를 쏟는 것을 망설이게 된다. 그것은 오직 신성한 마음만이 분별할 수 있을 것이다. 그것은 대부분이 신문이나 회화에서 듣고 보는 뉴스들이다. 여기서 마음의 순결을 보호하는 것이 중요하다. 우리 사고(思考) 속에 한 형사재판소의 자질구레한 풍경들이 침입했다고 생각해 보자. 마치 길가에서 먼지가 우리를 덮어씌우듯이 우리들 사고의 지성소를 한 시간이나 걸려 아니 더 많은 시간을 걸려 살금살금 점령하여 우리의 마음 속 깊은 곳을 술집으로 만들어 버린다. 바로 그 길거리가 거기 통행하는 군중들과 소음과 쓰레기들을 몰고 우리들 사고의 성역을 통과해버린 것이다. 그것은 지적 · 도덕적 자살이 아닐까? 내가 몇 시간 동안 재판정에서 방청인으로 앉아 있도록 강요를 받고는 시시때때로 세수를 하러 갔다 오느라고 발끝으로 걸으며 들락날락하고 있는 자기 발로 온 나의 이웃들을 보았을 때, 그들이 모자를 벗어 갑자기 그들의 귀가 깔때기처럼 소리를 듣고자 늘어나는 모양이 내 마음의 눈에 보이는 것이었다. 그것들 사이로 그들의 좁은 머리통들이 밀려들었다. 풍차의 날개처럼 그들은 폭은 넓으나 씨

잘 것 없는 소리의 홍수를 얻어 듣는다. 그러나 그것은 그들의 톱니 바퀴에 풀린 두뇌가 몇 번 우습게 돌아가노라면 곧 밖으로 튕겨져 나가 버린다. 그들이 집에 가면 손이나 얼굴을 씻듯이 귀도 조심스럽게 씻어 낼지 모르겠다. 그때의 나에겐 거기 있는 방청객이나 증인이나 배심원이나 변호사나 재판관이나 피고인이나 — 만일 그가 선고를 받기 전에 내가 인도를 한다면 — 그들 모두가 똑같이 죄인들로 생각되었다. 벼락이라도 떨어져 그들 모두가 한꺼번에 벌을 받아야 할 것이었다.

어떤 종류의 방취판이나 게시판을 써서라도 신의 법의 극형을 예시해 줌으로써 여러분에게 바쳐진 유일한 땅에서 그런 침입자들을 몰아내라. 기억하는 것이 쓸데없다기보다 차라리 나쁜 그런 것을 망각하기란 매우 어려운 법이다. 내가 만일 개울이 된다면 산위의 파나시아(Parnassian:그리시아 중부의 산봉우리. 아폴로 뮤즈의 영지로서 시의 본고장 — 譯註)의 시냇물이 되지 도시의 시궁창은 되지 않을 것이다. 영감(靈感)이란 게 있다. 귀를 기울이는 자에게 들리는, 하늘에서 오는 농담이 그것이다. 술집이나 경찰서에서 오는 불경스럽고도 진부한 계시도 있다. 이 둘의 통신을 한 귀가 같이 받아들일 수 있게 돼 있다. 다만 듣는 자의 성격이 어떤 쪽을 향해 열리고 어떤 쪽을 향해 닫힐 것인가를 결정한다. 천박한 것들에 관심하는 습관 때문에 마음이 영원히 속물이 될 수도 있고 그리하여 우리의 모든 사고조차 천박한 티를 내게 되는 것이라고 나는 믿는다. 우리의 지성에도 쇄석을 박아야 할 것이다. 말하자면 그 기초가 그 위를 굴러가는 통행인의 바위 때문에 조각으로 부서졌을 테니까. 만일 여러분들이 굴러가는 돌멩이나 장애물, 아스팔트를 견디는 단단한 포도(鋪道)를 만드는 것이 무엇인가를 알고자 한다면 그동안 이 일을 다루어온 우리들의 마음을 들여다보아야 한다.

만일 우리가 자신을 속물로 만들어 버렸다면 — 누구는 안 그랬던가? — 이는 조심스럽게 우리 자신을 다시 신성하게 하는 데 힘을 다하고 한 번 더 마음의 사원(寺院)을 세우는 것으로 치료될 것이다.

우리는 우리의 마음 즉 우리 자신을 천진하고 순진한 어린이로 대하여야 한다. 그리고 우리는 그의 보호자가 되어 어떤 대상에게 주위를 끌게끔 할 것인가를 조심해야 한다. 시간을 읽지 말라. 영원을 읽으라. 인습주의자들은 결국 불순분자에 못지않게 나쁜 자들이다. 학문적인 사실이라 해도 그것이 매일 아침 어느 정도 능가되거나 신선하고 살아 있는 몇 방울의 이슬에 의해 비옥해지지 않는다면 그 건조함으로 마음에 먼지만 일으키게 될 것이다. 지식이란, 항목을 따라 우리에게 오는 것이 아니다. 하늘로부터 비추는 빛 속에서 온다. 그렇다. 마음을 통해 지나가는 모든 사고는 그 마음을 닳아 없어지게 한다. 그리고 봄베이의 거리에서처럼 그것이 얼마나 오래 사용되었나를 보여주는 그 바퀴 자국을 더욱 깊게 한다. 세상에는 우리가 그것들을 아는 게 과연 좋은 일일까, 그것들의 대수롭지 않은 손수레들이 시간의 저 끝에서 부터 영원의 저변에 이르는 영광스런 다리 위를 구르게 하는 게 과연 좋은 일일까를 심사숙고해야 할 그런 것들이 얼마나 많은가!

우리에게는 악마를 섬기며 야비하게 사는 그런 기술밖엔 문화도 품위도 없는가? 마치 달콤하고 살아있는 씨앗은 없이 그저 빈껍데기같이 되어 약간의 세상 재물이나 명예나 자유를 얻고 그것들로 쇼를 벌이는 그런 기술 밖에는 없는가? 우리의 몸뚱이가 속에는 설익은 밤알이 들어 있고 그저 손가락만 찌르는 그런 밤송이의 가시가 되어서야 쓰겠는가?

미국은 자유를 위한 투쟁의 마당이라고들 한다. 그러나 분명히 여기에서 말하는 자유가 단순히 정치적인 자유만을 뜻할 리는 없다. 비록 미국이 정치적 압제로부터 자유롭게 되었다는 점은 인정한다 하더라도, 그는 아직도 경제적·정신적 압제자의 노예이다. 공화국(Republica)이 세워진 지금 이제는 개인의 존엄(Res-privata)을 구하여, 로마의 원로원이 집정관들에게 명령한 "개인의 존엄이 손상 받아서는 안 된다"(nequid res-privata detrimentic caperet)는 것을 알아야 할 때이다.

이 나라를 자유의 땅이라고 볼 수 있을까? 조오지(King George: 조오지 3세를 말한다.— 譯註)라는 왕한테서 자유를 찾아서는 계속하여 이번에는 편견이란 왕의 노예 짓을 하는 게 자유인가?

자유롭게 태어나서 자유롭게 살지는 못하는 게 도대체 무엇인가? 정신적 자유에 이르는 수단이라는 점 외에 정치적 자유의 가치가 무엇인가? 우리가 자랑하는 것은 자유 하는 자유인가 아니면 노예가 되는 자유인가? 우리나라는 다만 자유의 외부적 방어에만 관심하는 정치가들의 국가다. 아마도 우리들 손자들 때에야 진짜 자유를 누리게 될 것이다. 우리는 우리 자신을 부당하게 바치고 있다. 우리들 속의 일부가 의미 없는 것으로 채워져 있기에 그것은 무의미한 정세가 된다. 우리는 군대와 멍텅구리와 온갖 짐승 같은 친구들을 우리 등에다가 숙박시킨다. 우리는 우둔한 육체를 빈약한 영혼 위에서 그것이 영혼을 송두리째 삼켜버릴 때까지 숙식시킨다. 진실한 문화와 인간성의 영역에서 아직까지 우리는 본질적으로 도시문명인이 아니라 전형적인 미국인인 시골뜨기이다. 우리는 우리의 표준에 잘 적응하지 못한다. 진리 대신 진리의 그림자를 숭배하고 목적이 아니고 수단에 불과한 상업, 무역, 공장, 농사 뭐 그런 것들에만 골몰함으로 뒤틀리고 좁아진다. 때문에 우리는 시골뜨기인 것이다.

영국의 국회 역시 시골뜨기이다. 그들, 단순한 시골의 망나니들은 아일랜드의 문제를 해결하기 위해 더 큰 문제, 예를 들면 왜 우리는 말하지 않았는가? ― 하는 영국의 문제가 제기될 때 그 본성을 드러낸다. 그들의 본성은 그들이 하는 일에 따라 길들여진다. 그들은 '방정한 품행' 곧 부차적 목적만을 고려한다. 세계에서 가장 훌륭한 수단이라고 해도 좀 훌륭한 예지에 비할 때 그것은 보기 흉하고 어리석은 것이다. 인간들은 알맹이 대신 껍질을 가지고 나타나는데 그것이 보편적으로 실례가 되는 건 아니다. 어떤 고기한테는 껍질이 알맹이보다 더 귀중한 것이기도 하기 때문이다. 내게 자기의 수단만을 적용하는 그런 자는 내가 그 자신을 만나고 싶다고 했을 때 마치

---

7) Decker. Sir Matthew(1679~1740):영국 암스텔담 출생. 작가 아담 스미스에게 큰 영향을 주었다.

자기 골동품의 진열장에 나를 안내키로 작정한 것처럼 그렇게 대해 준다. 시인 데커어[7]가 그리스도를 "지금까지 숨 쉰 자 중 최초의 신사"라고 했을 때는 그런 뜻은 아니었다. 거듭 말하거니와 이런 의미에서 기독교의 그 훌륭한 궁중은 지역적인 것으로서 로마의 사건들이 아니라 알프스 이쪽의 문제에만 권위를 갖게 되는 것이다. 영국의 국회와 미국의 의사당의 주의를 끌고 있는 문제들을 해결하는 데에는 옛날의 집정관이나 총독의 힘으로 충분할 것이다.

정치와 입법! 이것들은 존경받을 만한 전문직이라고 나는 생각했다. 우리들은 세계사에 있어서 소위 하늘이 내었다는 누우마, 라이커어거스, 소올론[8] 등의 이야기를 들었다. 그들의 이름은 최소한 이상적인 입법자들을 대표할 것이다. 그러나 노예제도나 잎담배 수출을 규정하는 그따위 입법에 대해 생각해 보라! 그 신성한 입법자들이 잎담배의 수출이나 수입에 무슨 관계가 있다는 말인가? 노예제도에 대해 그래도 고결하다고 할 것인가? 여러분이 그 신의 아들 아무나에게 물음을 묻게 되었다고 가정해보자.— 신은 19세기엔 아이들을 갖지 않았는가? 그 가정은 사멸된 건가? 어떤 조건 안에서 구하는 그것을 다시 얻으려는가? 이 입법들을 원리로 삼고 그 중요한 생산품으로 한 버지니아 같은 주는 마지막 날 과연 무엇이라고 말할

---

8) Numa, Pompilius(715~672 BC):Rumulus의 대를 이은 로마의 왕. lycurqus(390~324 BC): 아테네의 정치가. 유능한 경제적 행정과 사회범죄에 대한 가혹한 처벌로 유명했다. Solon(640 BC): 아테네 정치가, 초기 그리시아 7원로의 한 사람.

까? 그런 주에 애국을 위한 땅이 어떻게 있을 수 있을까? 나는 이 사실들을 주(州)에서 출판한 자료집에서 뽑아냈다.

밤과 건포도를 찾아 무역선은 바다를 하얗게 만들고 그리고 그것을 위해 노예들이 노를 젓는다! 언젠가 나는 한 부서진 배를 보았다. 많은 생명이 사라졌고 화물조각들, 노가주나무의 열매, 쓴 살구들이 해변을 따라 둥둥 떠다니고 있었다. 노가주나무 열매나 쓴 살구들이 과연 그것들을 위해 뉴욕과 레그호온 사이의 위험을 무릅쓸 만한 가치가 있는지 알 수 없는 일이었다. 쓴 맛을 찾아 낡은 세계로 돌아가는 미국이여! 바닷물도, 배의 파선도, 인생의 고배를 여기에 부어 버리기에 충분히 쓰지 않는가? 그럼에도 그 무역은 우리의 자랑거리이다. 세상에는 자기들을 스스로 위정자요 철학자라고 자칭하는 자들이 있으니 그들은 너무나도 우매하여 진보와 문명은 이런 무역의 행위 — 꿀통에 모여든 파리 같은 행위 — 에 전적으로 의지한다고 생각할 지경이다. 누군가는 인간이 굴(해산물)이라면 좋겠다고 하지만 나는 인간이 모기라면 참 좋겠다고 응수하겠다. 우리의 정부가 아마존을 탐험하러 보낸, 들리는 바에 의하면 노예의 지역을 확장하려고 보냈다고 하는 허어돈[9] 중위는 그곳에 '생의 위안이 무언지 알고 이 나라의 위대한 자원을 개발하려는 인위적인 욕망을 가진 근면하고 행동적인 인간들'이 부족하다고 보고했다. 그러나 그 장려할 만한 '인위적인 욕망'이란 무엇인가? 담배나 그의 고향 버지니아의

---

9) W. L Herdon:1851~1852년에 아마죤 탐험. 1854년 「아마죤 계곡의 탐험」을 씀.

노예 같은 사치품에 대한 사랑도, 우리 고장 뉴잉글랜드의 얼음도, 화강석도, 그 외의 다른 물질적 재산도, 이 나라의 '위대한 자원 개발'도, 땅의 비옥도, 황폐도, 그 인위적 욕망을 만들지는 않는다고 나는 믿는다. 내가 있었던 주마다 가장 중요하게 요구되는 것은 주민들의 고귀하고 성실한 목표설정이었다. 이것만이 자연의 '위대한 자원'을 발굴해 낸다. 그리고 자연은 그 자원의 범위를 넘어서까지 자신을 바친다. 인간은 자연에 따라 그의 품에 죽어가기 때문이다. 우리가 감자보다는 문화를, 봉봉과자보다는 계몽을 원할 때 세계의 위대한 자원은 발굴되고 바쳐지며 그 결과인 중요한 생산품은 노예도 노무자도 아닌 인간 — 흔하지 않은 영웅, 성자, 시인, 철학자 — 그리고 개혁하려는 열매가 되는 것이다.

간단히 말하자면 바람이 가라앉는 데에 눈이 쌓이듯이 진리가 가라앉는 곳에 하나의 제도가 솟아나는 것이라고 할 수 있을 것이다. 그러나 그럼에도 불구하고 진리는 그 제도를 향해 곧장 바람을 불어 급기야는 넘어뜨리기까지 한다.

소위 정치라고 하는 것은 비교적 피상적이요 비인간적인 것이다. 실제로 나는 결코 그것이 나에게 관계를 갖는다고 인식한 적이 없다. 신문들은 부담 없는 정치나 정부에 자기들의 칼럼을 특별히 제공하고 있는 것으로 나는 알고 있다. 이것이야말로 그것을 유지하게 하는 모든 것이라고도 할 수 있을 것이다. 그러나 나는 문학을 사랑하고 나아가서는 진리를 사랑하므로 어떤 일이 있어도 그런 칼럼들을 읽지는 않는다. 나는 내 의에 대한 감각을 그토록 무디게 하고 싶지는 않다. 나는 대통령의 메시지를 한 줄이라도 읽겠다고 보증할 수 없다. 이 세계는 이상한 세태에 처해 있다. 제국이, 왕국이, 그리고 공화국이 개인의 문밖에 구걸하러 와서 서고 그의 곁에서 그들의 불평을 피력한다. 나는 신문에 대하여 큰 소리로 분명히 이야기할 수는 없다. 그러나 나는 어떤 비참한 정부나 그런 어떤 다른 것들이 궁지에 몰려 기진맥진해 가지고는 이태리의 거지보다 더 성가시게 독자인 나에게 자기를 찬조해 달라고 조정하고 있는 것을 발견한다. 그리고 만일 내가 어떤 자선을 베푸는 상인의 서기든지 아니면 그것을 산 선장이 스스로가 영어를 한 마디도 할 수 없으므로 만들었을 정부의 증권을 볼 마음만 갖고 있다면 나는 아마도 그것이 진짜이건 위조이건 그것을 이런 조건으로 끌어들인 비수버스의 폭발 (Vesuvius:나폴리에 있는 화산)이나 폴로늄(Polonium:금속원소)의 범람에 대한 기사를 읽게 될 것이다. 그런 경우에 나는 일 아니면 극빈자 수용소를 서슴없이 제의한다. 그렇지 않으면 왜 평소에 내가 하듯 그렇게 침묵 가운데 제 성을 지키지 않는 것인가? 가련한 대통령은 자기의 평판도 유지하랴 일도 하랴 완전히 당황하게 된다. 지배세력은 신문에 있다. 다른 어떤 정부도 인데펜던스 요새에 있는 몇 척의 군함 같은 신세로 떨어지고 만다. 만일 인간이 「데일리 타임즈」를 읽지 않기로 한다면 정부는 그에게 무릎을 꿇을 것이다. 왜냐하면 이것이야말로 오늘날의 유일한 반역이기 때문이다. 이렇게 인간들의 주의를 거의 다 집중시키는 정치나 일상생활의 관습 같은 이런 것들은 진실로 인간사회의 생명에 관계되는 기능들이다. 그러나 그것은 육체의 조화된 기능들처럼 무의식적으로 완성되어야만 한다. 그것들은 인간 이하의(Infra-human) 것이며 일종의 식물성 기능이다. 나는 때때로 사람들이 소화가 잘 안 되는 상태에 대해 의식하며 소위 말하는 소화불량에 걸리듯이 내게 접근하는 그것들의 반(半)의식에 대해 눈을 뜨게 된다. 그것은 마치 사상가가 자기 자신을 창조의 거대한 모래주머니(멀터구니)에 의해 깎여지도록 복종시키는 것과 같다. 정치란 말하자면 모래가 가득 찬 사회의 모래주머니이다. 그리고 두 개의 정치 정당은 그 모래주머니의 두 개의 대치되는 반쪽인데, 가끔 서로 갈리는 네 개의 조각으로 나누어질 수도 있을 것이다. 고로 개인뿐만 아니라 국가도 어쩔 수 없는 소화불량을 앓는다. 그것은 스스로 나타난다. 여러분은 이를 어느 정도 웅변적으로 상상할 수 있을 것이다. 그러므로 우리의 삶은 전적으로 망각만은 아니다.

아! 결국 그것은 우리가 분명히 깨어있지 않았을 때, 의식하지도 않았을 그런 것을 기억하는 것이다. 왜 우린 그 영광스런 아침에 서로 만나 때로는 소화 불량인 채 우리의 나쁜 꿈을 이야기하고 그러나 때로는 소화 정상인채 서로 축하하는 일을 하지 않는가?

물론 지나친 요청은 아닐 것이다. ✽

3.

헨리 데이빗 도로우의 짧은 생애

헨리 데이빗 도로우의 짧은 생애

1.
콩코드의 새 식구

헨리 데이빗 도로우는 그가 살았던 19세기의 경제체제, 정부, 사회적 관습에 거역한 사람이었다. 그 때문에 굶어 죽거나 벼락을 맞지는 않았다. 오로지 하루 밤만을 감옥에서 지냈을 뿐 남은 생애를 다른 사람들과 마찬가지로 자기가 하고 싶은 일을 하면서 살았다.

44년의 생애 가운데 두 해를 도로우는 월든 호수에 손수 지은 단칸짜리 오두막에서 살았다. 거기서 겪은 일을 「월든」이라는 책 속에 기록함으로써 두 해 동안의 삶이 굉장히 유명해졌다. 이 책은 미국 문학 가운데서도 가장 널리 알려진 작품 가운데 하나가 되었다.

1862년 도로우가 죽은 후 그는 「월든」을 비롯한 그의 다른 저술들과 더불어 세계적인 명성을 얻게 되었다. 그의 에세이 한 편은 인도의 독립을 위해 투쟁하던 마하트마 간디에게 큰 감명을 주었다.

당시 독립을 갈망하던 다른 나라들도 도로우의 사상으로부터 커다란 영향을 받았다. 19세기 말 영국의 사회개혁주의자들은 「월든」의 복사판을 주머니에 넣고 다녔다. 제 2차 세계대전 중의 미국의 병사들 역시 그랬다. 러시아가 낳은 유명한 작가 레오 톨스토이도 도로우가 자신의 사상에 큰 영향을 끼쳤다고 말한 바 있다. 그 외의 작가들도 헨리 도로우에게 빚진 사실을 밝히고 그의 저술과 생애가 자기들의 사상이나 삶의 방식에 어떻게 자리 잡고 있는지를 고백했다.

사람은 단순하게 살아야 한다고 주장한 도로우한테 과연 얼마나 많은 사람들이 영향을 입었는지에 대해선 아무도 상상할 수 없다. 얼마나 많은 사람들이 그들의 인생을 독립적이고 솔직하게 살고자 도로우의 월든 호수로 가고 싶어 했는지 아무도 모른다.

현대인의 삶이 차츰 복잡해질수록 단순한 삶을 주장한 도로우의 사상은 더욱 절실하게 받아들여졌다. 정치가 인간사에서 막강한 힘을 행사하면 할수록 도로우의 개인 옹호 사상은 더욱 중요해졌다.

도로우의 사상은 「월든」과 「콩코드의 메리맥 강에서 보낸 한 주간」이라는 책에서 찾아 볼 수 있다. 나머지 다른 저술들은 그의 사후에 편집 발행되었다. 그러나 그의 사상이 실천으로 옮겨진 가장 훌륭한 본보기는 뭐니 뭐니 해도 자신의 생애였다. 도로우는 자신이 믿고 생각하고 쓴 것처럼 그대로 살았다.

도로우는 1817년 7월 12일에 태어났다. 그의 부모는 이름을 '데이빗 헨리'라고 지어 주었으나 나중에 본인이 순서를 바꾸었다.

도로우가 태어난 곳은 매사추세츠의 콩코드였다. 미국의 북동쪽에 위치한 콩코드는 매사추세츠의 수도인 보스턴에서 20마일 가량 떨어진 곳에 있다. 농장과 숲으로 둘러싸인 강변 마을 콩코드는 오랜 세월에 걸쳐 이루어진 마을로서 미국 역사상 중요한 장소이기도 하다. 콩코드는 대서양 연안에서 멀리 떨어진 내륙 지방에 최초로 세워진 매사추세츠의 마을이었다.

그뿐이 아니었다. 1774년 10월과 1775년 4월 매사추세츠 의회가 그곳에서 처음 열린 뒤 장차 영국으로부터 독립할 것을 계획하던 미국인들이 무기를 마련하여 비축해 두는 장소가 되었다.

영국인들은 이 사실을 알고 1775년 4월 19일 콩코드로 진격해 갔다. 이웃 마을인 렉싱턴에서 독립전쟁의 첫 교전을 치른 다음 영국군은 진격을 계속했다. 그들은 콩코드 다리에서 전쟁 준비를 갖춘 미국인 농부 오백 명과 맞닥뜨렸다. 1837년에 시인 에머슨이 썼듯이 거기엔 "전투 준비를 갖춘 농부들이 서 있었고 총성이 세계로 울려 퍼졌다."

헨리 데이빗 도로우는 존 도로우와 신디아 던버 도로우 사이에서 태어난 네 자녀 중 셋째였다. 헬렌이 첫째였고 그 다음이 존, 그리고 헨리, 마지막이 소피아였다.

도로우의 어머니와 아버지는 서로 판이한 사람들이었다.

아버지 존 도로우는 성공한 프랑스 상인 가문의 출신이었다. 위그노라고 불리는 프랑스인 개신교도들은 종교의 자유를 찾아 1685년 프랑스를 떠났었다. 그들은 한동안 영국에서 살았다. 헨리의 할 아버지는 미국으로 건너와 독립전쟁이 일어나기 얼마 전에 보스턴에 가게를 차렸다. 1781년에 그는 스코틀랜드 퀘이커 교도인 제인 번즈와 결혼하였다. 그들의 아들인 존 도로우는 1787년에 태어났다. 제인 번즈 도로우는 1796년에 사망했다. 도로우의 할아버지가 성공한 상인이 되어 콩코드로 이주한 것은 그녀가 죽은 다음이었다. 그 역시 이주한 뒤 겨우 1년 뒤인 1810년에 사망했다.

존 도로우는 자기 부친에 비하여 장사하는 수단이나 힘이 부족했다. 키가 작았고 과묵했으며 소리도 잘 알아듣지 못했다. 여러 해 동안 계속 사업에 실패하였다. 그는 보스턴에서 사업을 배웠고 거기서 자기 가게를 운영했었다. 그러나 신통치 않았다. 헨리가 태어난 이듬해인 1818년 그들은 콩코드를 떠났다. 그래서 존 도로우는 한 번 더 사업을 벌일 수 있었다.

이번에는 매사추세츠의 쳄스포드에 가게를 차리고 상점 간판을 만들어 주는 일을 시작했다. 그 사업 역시 신통치 않았다. 간판 만들어 주는 일 가지고는 가족을 부양할 만큼 충분한 돈을 벌어들일 수 없었던 것이다

도로우의 아버지는 또 보스턴에다 학교를 차렸다. 헨리 도로우가 학교생활을 시작한 것은 보스턴에서였다. 1823년 헨리가 여섯 살 되던 해 도로우 일가는 콩코드로 돌아왔다.

1823년 도로우 일가가 돌아왔을 때 콩코드는 그 지역의 행정적 중심지로 되어 있었다. 멀리 내륙 지방의 상인들과 농부들이 보스턴으로 오고 갈 때 그곳에서 유숙하였으므로 자연히 분주한 상업 도시

로 변모하고 있었다.

존 도로우는 이번에는 상점을 열지 않았다. 그 대신에 연필 만드는 사업을 벌였는데 그 사업은 이미 십이 년 전에 콩코드에서 시작되었었다. 그것은 가내 공업의 일종이었으므로 도로우 일가가 살고 있는 콩코드 안에만 해도 여러 집안이 그 일을 하고 있었다. 수완 좋은 상인은 못되어도 언제나 부지런히 일하는 노동자였던 도로우의 아버지는 이번 일에는 좀 성공적이었다. 도로우 일가의 연필 제조 사업은 차츰 수입이 늘어갔다. 여전히 가난하기는 했지만 그래도 도로우 일가는 연필을 만들고 하숙을 쳐서 그런대로 안락하게 살아갈 수 있었다.

신디아 던버 도로우는 남편에 비해 더 능력 있고 재미있는 여자였다. 남편보다 키가 큰 그녀는 도로우 일가에서 가장 힘이 세었다. 도로우 부인은 현명하고 생활력도 강하고 또 수다쟁이였다. 그녀는 관대한 편이었으나 가끔 사람들의 험담을 늘어놓기도 했다. 결코 불친절한 사람은 아니었지만 갑자기 퉁명스럽게 상대방을 대할 때도 있었다.

도로우 부인은 자기 선조들에 대해 자부심이 대단했다. 그들은 미국에 이주해 온지 오래 되었고 또 교육도 잘 받은 편이었다. 그녀의 아버지인 에이사 던버는 개신교파의 하나인 회중교회 목사였다.

도로우 부인은 산책을 즐겼고 자연을 사랑했다. 그리고 그것을 자기 아이들에게 가르쳤다. 그녀의 목소리가 아름다워 노래를 부르면 칭찬을 많이 들었다. 아름다운 의상을 좋아했고 예쁜 그릇들을 자랑했다. 무슨 일에든지 말참견을 했고 다른 사람들보다 늘 할 말이 많았다. 그러나 그녀는 자기 가족에게 큰 소망을 걸고 있었다. 신디아 도로우는 자기 아들들이 최고 학부를 나와야 한다고 생각했고 그 생각을 실천에 옮겨 나갔다.

신디아 도로우가 콩코드에서 말하기를 좋아하는 사람으로 유명했지만 시인 랄프 왈도 에머슨의 숙모인 메리 무디 에머슨도 말이 많기로는 서로 쌍벽을 이루었다. 메리 무디 에머슨은 콩코드의 유명 인사였다. 특히 그 재치와 슬기로 명성을 떨쳤다. 도로우가 그녀를 처음 만난 것은 그녀의 나이 84세 때였다. 그녀는 아주 특이했다. 자기 손으로 만든 수의(壽衣)를 늘 입고 있었다.

때로는 그 옷 위에다가 붉은 외투를 걸치고 말을 타기도 했다. 도로우 시절의 콩코드는 괴상한 사람들로 가득 차 있었다. 시인, 사색가, 으스대는 마을 관리들, 그리고 일하지 않고 빈둥거리는 행복한 사내들도 있었다.

그런 사람들 가운데 하나가 헨리의 외삼촌 찰스 던버였다. 그는 도로우 부인의 오빠였는데 결혼도 하지 않았고 도무지 하는 일이라곤 없어 보였다. 그는 마술 솜씨로 널리 알려져 있었다. 몇 가지 물건을 공중에 던지고 그것들을 떨어지지 않고 계속 공중에 머물러 있게 하는 기술로 어린 조카를 즐겁게 해주었다. 힘자랑이라면 언제 누구와도 상대했고, 모자를 높이 던진 다음 머리로 그것을 받아쓰는 재주도 갖고 있었다. 이빨이 모두 빠져버린 그의 입 또한 헨리를 즐겁게 하는 것이었다. 찰스 던버는 목사의 아들이면서 술을 마시고

담배도 피웠다. 후에 도로우는 자기 삼촌이 술을 지나치게 마시지도, 자기 담배를 지니고 다니지도 않았다며 경탄조로 썼다. 그는 늘 남의 담배 신세만 졌던 것이다.

도로우의 집안에는 즐거움과 웃음, 노래와 음악, 진지한 대화와 힘든 노동이 있었다. 존 도로우는 연필을 만들고 파는 일에 늘 분주했다. 도로우의 글을 보면, 그는 거리의 사나이로써 그 누구보다도 마을 사람들을 많이 알고 있었다. 그는 마을 한복판에 있을 때 마음이 가장 편했던 것 같고 상인들과 이야기하는 것을 즐거워했다.

도로우 부인은 집안을 잘 다스렸고 마을에서 일어나는 여러 가지 일들, 가령 이웃의 출생이나 장례 또는 중요한 정치적 사건들에 대한 이야기를 쉴 새 없이 함으로써, 가족들과 하숙하는 이들을 즐겁게 했다.

두 딸인 헬렌과 소피아는 학교 선생이 될 자격을 갖추고 있었고 매력적이고 쾌활한 헨리의 형 존 역시 선생이 되고자 했다.

도로우 일가는 콩코드의 새로운 가족이었다. 콩코드에는 이백 년 이상 그곳에서 뿌리박고 산 일가도 있었다. 그러나 사람들은 도로우 일가를 호의적으로 받아들였다. 도로우 일가는 부지런히 일하고 머리가 좋은 사람들로 알려져 있었다. 콩코드 사람들은 두 가지 점에서 자부심을 갖고 있었다. 첫째, 유구한 역사를 자랑하는 콩코드는 자신들과 어느 정도 다르게 사는 사람들을 헐뜯지 않는다. 그리고 1800년대 초에 막 시작된 새로운 지적(知的) 생활에 대한 자부심이 그 두 번째였다. ❋

2.
하버드의 이방인

　도로우는 그의 저술에서 자신의 생각과 느낌, 자연에 대한 관찰과 여행 등을 기록했다. 그러나 어린 시절의 실제적인 사건들에 대해서는 별로 기록하지 않았다. 후에 그는 자기가 자연에 둘러싸여 자연과 하나가 된 자연의 정직한 아들이었음을 흐뭇하게 생각했다. 그는 자기의 소년 시절이 땅과 하늘에 속하여 행복하고 즐겁게 보낸 나날들이었다고 회상했다.

　콩코드에서 보낸 도로우의 젊은 시절의 주일은 특별하고 거룩한 날이었다. 어떤 일은 해서는 안 되었다. 아이들은 놀이를 할 때도 걸맞지 않는다고 여겨지는 어떤 일은 해서는 안 되었다. 도로우는 어렸을 적, 주일 날 마땅히 재미있게 읽을 책도 없이 집안에 갇혀 있게 될 경우 몇 시간이고 날아다니는 새들을 살펴보았다고 기록했다. 그는 어려서부터 이렇게 나무와 꽃, 새들과 짐승들을 관찰하기 시작했던 것이다.

도로우의 들과 숲에 대한 지식은 젊은 시절부터 축척되었다. 그는 수영, 달리기, 강에서 보트 타기에 명수가 되어갔다.

어린 소년인 도로우는 낚시와 사냥을 시작하였고 국내 사냥꾼이나 낚시꾼처럼 숲과 들과 개울에 대하여 알게 되었다. 그는 이렇게 썼다. "시골에서 사내아이들이 좋아하는 것은 대개 시계와 총으로 나눌 수 있다. 활동적이고 사내다운 아이들을 총을 잡았다. 나는 온종일 총을 들고 먼 여행을 하곤 했는데 전혀 무겁게 느껴지지 않았다. 그렇지만 그 총을 쏴본 적은 한 번도 없었다." 그러나 얼마 후부터 도로우는 사냥을 하지 않았다. 자기가 너무나도 잘 알고 있는 짐승들을 죽일 수 없었던 것이다. 그러나 낚시질은 계속했다.

도로우는 사냥과 낚시를 아주 잘 할 수 있을 만큼 성장하기 이미 오래 전부터 자신을 유명하게 만든 어떤 태도를 이미 보여주고 있었던 것이다.

열 살 때 그는 아주 근엄한 얼굴을 하고 있었고 다른 아이들이 그런 그를 '판사님'이라고 부를 정도였다. 그는 또한 여러 해 뒤에 에머슨이 칭찬한 자기 제어의 묘를 터득하고 있었다. 도로우는 평생토록 연구하고 흠모해온 아메리카 인디언들처럼 자신의 느낌과 감정을 감출 수 있었다. 언젠가 한번은 돈이 필요해서 아끼고 사랑하던 자신의 병아리를 바구니에 가득 담아 호텔에 팔러 간 적이 있었다. 호텔 주인은 바구니를 돌려주려고 어린 소년이 보고 있는 자리에서 병아리를 모두 꺼내 한 마리씩 죽였다. 도로우는 그것을 지켜보면서

한 마디도 하지 않았다.

아버지를 닮아 도로우는 손재주가 있었다. 한 친구가 활을 만들어 달라고 부탁했을 때 도로우는 거절했다. 그러나 그 까닭을 말하지는 않았다. 차마 자신에게 칼이 없다는 사실을 밝힐 수 없었던 것이다.

보스턴에서 시작된 도로우의 초기 교육은 콩코드의 마을 학교에서 계속되었다. 그러나 어머니는 그것으로 만족할 수 없었다. 매일 그가 다니는 학교가 파하면 그녀는 존과 헨리를 여자 학교에 보내어 과외 수업을 받게 하였다. 이 학교를 마친 다음 도로우는 1820년에 설립된 콩코드 아카데미에 진학했다. 거기는 좋은 학교였다. 거기서 그는 매사추세츠의 캠브리지에 있는 하버드 대학교에 들어가기 위해 필요한 라틴어와 희랍어를 공부했다.

헨리를 하버드에 보내기로 한 결심은 도로우 일가로서 매우 중요한 일이었다. 유학에 필요한 용품들과 옷가지 따위를 준비하는 동안 도로우는 흥분과 동시에 처음으로 집을 떠나는 소년의 슬픔을 맛보았다.

그는 보스턴 시에서 그리 멀지 않은 캠브리지로 가는 것을 다행스럽게 생각했지만 콩코드와 가정에 너무나 깊은 정이 들었던 것이다. 그는 책을 사랑했고 이미 하버드에는 숱한 책이 쌓여 있었다. 그러나 그는 다른 많은 사람들처럼 자기가 알고 있는 세계를 사랑했고 미지의 세계를 믿지 못했다.

헨리를 하버드에 보내는 대가로 집안 형편은 어려워졌다. 대학은 가난한 학생들을 위한 장학금이라는 이름으로 상당한 돈을 마련해 두고 있었다. 그는 그 장학금 하나를 얻어냈다. 그런데도 그의 부모와 숙모들, 그리고 그때 이미 학교 선생이 된 헬렌은 헨리의 대학 공부를 위하여 허리를 졸라야 했다. 그는 1833년 하버드에 입학했다.

1830년대에 대학에 들어가는 젊은이들은 극히 소수였다. 대부분은 장사를 배우거나 집에서 하는 사업 또는 농장 일을 했다. 대학에 가는 젊은이들은 대개 부잣집 자식이거나 목사의 아들들이었다. 보스턴에서 찰스 강을 건너 바로 보이는 캠브리지의 하버드 대학은 도로우가 입학할 당시 이미 2백년에 가까운 역사를 자랑하고 있었다. 처음에는 목사들을 양성하기 위하여 설립된 학교였지만 세월이 흐르면서 미국의 북동지역 교육의 중심지로 바뀌어갔다. 하버드는 훌륭한 선생님, 명성을 떨치고 있는 졸업생들을 자랑하고 있었다.

도로우의 대학 생활 4년에 대해서는 의견이 분분하다. 그는 흥미 있는 과목에 대해서는 열심히 공부했다. 수많은 양서들을 읽었다. 도로우가 대학에서 쓴 에세이들을 읽으면 이 사실을 곧 알 수 있다. 그의 친구들이 쓴 편지 속에도 이 사실이 암시되어 있다. 그러나 도로우가 흥미 없는 과목에 대해서는 그다지 노력하지 않았다는 증거 역시 찾아 볼 수 있다. 또한 그가 흔한 마술이나 농담을 즐겼다는 사실도 알려졌다. 마지막 학년에 성적이 너무 나빠서 하마터면 장학금을 받지 못할 뻔했던 것 또한 분명한 사실이다.

우리의 도로우가 시골의 가난한 집 아들이었다는 사실을 기억해야 한다. 그가 알고 있던 세계는 짐승들이 뛰노는 벌판과 외삼촌이 가르쳐 준 마술 그리고 연필 만드는 방법이었다. 하버드의 교사들이나 유행에 민감한 학생들의 칭찬을 듣기에는 아무래도 힘든 것들이었다. 도로우가 다른 학생들이나 하버드의 교사들 틈에서 불편을 느꼈으리라는 점은 의심할 여지가 없다. 헨리 도로우가 헨리 도로우답게 아무런 내색도 하지 않음으로써 자신의 감정을 감추려고 했으리라는 점 또한 의심할 여지가 없다. 도로우는 아마도 자기가 최고라고 생각했을 것이다. 그러나 또한 아무도 자기 생각에 동의하지 않으리라는 사실도 알고 있었을 것이다.

도로우의 외모는 그리 잘난 편은 못되었다. 작달막한 키에 기다란 팔, 짧고 강인한 다리에 큼지막한 손과 발, 기다란 코는 느슨한 윗입술 위로 갈고리처럼 굽어 있었다. 아마도 다른 옷이 없었기 때문일 터이나, 그는 학교에서 지정한 검정 코트 대신 초록색 코드를 입고 다녔다. 다른 친구들은 그를 늘 혼자 있고, 속생각이나 느낌을 좀체 표현하지 않는 좀 괴상한 녀석쯤으로 생각했을 것이다.

도로우는 산책을 할 때 갈색과 푸른색이 섞인 눈으로 땅 바닥을 내려다보며 걸었다. 악수를 할 때에는 늘 손이 축축했고 상대방을 똑바로 보는 대신 그의 어깨 너머를 바라보았다. 때때로 자기가 다른 사람보다 우월하다는 듯한 웃음이 그의 얼굴을 스치고 지나가기도 했다. 외투 깃을 올려 자기를 감추려고 하는 도로우의 모습이 자주 눈에 띄었다. 집에서는 영리한 소년이었던 그가 하버드에서는 그저 별 볼일 없는 녀석에 불과한 것이었다. 그러나 자기 길을 고집스럽게 가기로 작정한 별 볼일 없는 녀석이었다.

도로우는 희랍어, 라틴어, 프랑스어, 독일어를 공부했다. 수학과 문학도 공부해야 했다. 콩코드에서도 그랬듯이 도로우는 닥치는 대로 책을 읽었다. 그는 하버드 도서관에서 특히 영국 시인들의 작품에 몰두하느라 많은 시간을 보냈다.

하버드에 있는 동안 도로우는 될 수 있는 대로 자주 집에 갔던 것 같다. 집은 고작해야 20마일밖에 떨어져 있지 않았고 집에 가면 편안함을 느꼈기 때문이다. 그에게는 마을과 숲과 들과 강이 주는 위로가 필요했다. 1836년 그는 아버지와 연필을 팔러 뉴욕으로 떠났다. 그때 도로우는 처음으로 뉴욕을 보았던 것이다. 몇 년 뒤 그는 뉴욕을 다시 볼 수 있었고 사람이 미워해야 하는 것이 무엇인지를 보여 주는 곳이기에 뉴욕을 좋아한다고 말했다.

대학 생활 동안 방학이면 으레 학비를 벌기 위하여 여기저기 작은 마을에서 가정교사 노릇을 하기도 했다. 1835년 12월에는 꽤 오랫동안 아이들을 가르쳤다. 그 당시 장학금을 받는 하버드 학생들에게는 가정교사를 위하여 한 번의 장기 결석이 허용되었다. 도로우는 매사추세츠 캔톤으로 가서 70명의 학생들을 가르쳤다. 캔톤에 머무르는 동안 오레스테스 브론슨의 집에서 살았는데 그는 도로우를 교사로 추천한 장본인이었다.

도로우에게 브론슨은 재미있고 마음과 생각이 상상력을 자극하는 사람이었다. 학교 교육이라고는 거의 받지 못한 브론슨은 독자적인 사색가요 개혁가였다. 일찍이 그는 다른 목회를 하려고 장로교회를 떠났었다. 그때 장로교회를 떠난 것은 유일교도가 되기 위해서였는데 유일교(Unitarianism)는 '하느님은 한분이시오' 라고 가르치며 종교적 신앙의 다양성을 인정하는 종교였다. 브론슨은 어떤 고정된 틀의 신앙을 고집하는 종교에는 못 견디는 인물이었다. 그는 점점 더 종교의 외적 형태에 흥미를 잃어갔고 자기 말로 종교적 감성의 내면적 의미에 깊은 관심을 갖게 되었다.

도로우가 그의 집에 머무르는 동안 브론슨은 보스턴의 노동자들로 자신의 교회를 꾸며볼 계획을 갖고 있었다. 그는 '미래의 교회'를 묘사한 첫 저술을 집필하느라고 무척 바빴다.

브론슨의 신선한 충격과 하버드 교사들의 위엄 사이의 차이가 18살 난 헨리 도로우에게 큰 영향을 미친 것은 어쩔 수 없는 일이었다. 그는 자기 스스로 생각하고 글을 쓸 수 있는 사람을 만났던 것이다. 하버드의 생활만이 유일한 생활양식은 아니었다. 도로우는 브론슨한테서 받은 영향을 장본인에게 고백했다. 하버드를 졸업한 직후에 쓴 편지에서 도로우는 그와 함께 보낸 여섯 주간이 새로운 생애를 여는 새벽과 같았다고 술회하였다.

오레스테스 브론슨을 만난 이후부터 도로우에게 하버드는 그다지 중요한 곳으로 여겨지지 않았던 것 같다. 하버드는 규칙, 관습 그리고 용납된 이념만을 대변하는 곳이었고 브론슨은 변화, 독자적 사유, 더 나은 세계에 대한 믿음을 의미했다. 한동안 도로우는 힘찬 언변과 생각을 구사하는 강한 인간의 동료로 지내다가 다시 의무에 충실한 학생이 되어 교사가 선택해 준 제목에 대하여 조심스럽게 에세이를 써냈다.

하버드에서의 마지막 학년에 도로우는 병이 들어 잠시 집에 와 있었다. 캠브리지에 돌아왔을 때 그의 성적은 전 만큼 좋지 못했다. 무릇 질병 때문만은 아닌 듯했다. 브론슨한테 그는 자기처럼 독립된 인간의 모습을 느꼈고, 그래서 새로운 세계에 눈을 떴던 것이다. 하버드 식의 삶에 흥미를 잃은 것은 병 때문이기도 했지만 그에 못지 않게 브론슨을 만난 일도 적이 커다란 영향을 미쳤을 것이다.

원인이야 어떻든 그 궁핍한 학생은 어려움에 처하게 되었다. 도로우 부인의 간청으로 랄프 왈도 에머슨은 하버드 학장에게 도로우의 처지를 설명하는 서신을 보냈다. 퀸시 학장은 1837년 6월 25일 에머슨에게 서신을 보냈다. 퀸시는 편지에서, 자기도 도로우의 성적이 나빠진 것이 질병 때문이라고 생각한다고 했다. 그러나 학장은 계속하여 덧붙이며, 도로우 자신도 학습에 별 흥미를 나타내지 않고 있다고 썼다. 교사들은 그가 성적을 올리려는 노력을 거의 하지 않고 있다고 보고했다. 이런 보고에도 불구하고 퀸시 학장은 도로우를 위해 자신이 할 수 있는 모든 노력을 다 하겠다고 에머슨에게 약속했다. 그 결과 도로우는 35달러나 40달러의 장학금 대신 25달러짜리 장학금을 받게 되었다. 1837년의 화폐 가치로 보면 이 정도의 돈도 결코 적은 돈은 아니었다.

도로우가 하버드에서 수업을 마쳤을 때 비로소 자기의 소신을 세상에 밝힐 수 있는 첫 기회를 갖게 되었다. 졸업생들의 축하 모임 연설을 의뢰받았던 것이다. 그때 그가 한 연설의 내용은 나중에 그가 저술한 내용과 거의 같은 것이다. 그는 사람이 독립적으로 살아야 할 것을 주장하였다. 대부분의 사람들이 살아가는 모습을 돌이켜보라고 청중에게 호소했다. 생존에 반드시 필요한 일만 하고 남은 시간에는 인생을 즐기는 것이 더 낫지 않겠느냐고 했을 뿐만 아니라 나아가 우리가 살고 있는 이 세상은 편리하기보다는 놀라운 곳이고 이용 가치보다는 더 아름다운 곳이라고 말했다. 그는 일의 순서가 바뀌어야 한다며 사람은 한 주일에 하루를 생존을 위한 일에 바치고 나머지 엿새는 영혼의 쾌락을 누리는 데 써야 한다고 주장했다. 그 엿새 동안 자기가 살고 있는 아름다운 정원 — 이 세상 — 을 거닐면서 자연의 감화를 받도록 해야 한다는 것이었다.

이 연설은 형식이나 내용 두 가지 모두에 있어 미래의 도로우를 특징짓는 점들을 지니고 있었다. 그것은 과연 평범하지 않은 생각이었다. 사상을 표현하기 위하여 가능한 한 절제된 언어를 사용하였다. 자연의 중요성과 영혼의 중요성에 대한 그의 믿음이 연설 속에 담겨져 있었다. 이 모든 것들은 후에 도로우의 저술에 그대로 나타났다. 그 연설은 그의 신념과 인생 설계를 최초로 공개한 것이었다. �֍

3.
두 남자

데이빗 헨리 도로우 혹은 후에 자신이 바꾼 순서대로 헨리 데이
빗 도로우는 평생 그가 할 일을 시작할 준비가 되어 있었다. 그는 콩
코드 아카데미에서 하버드로 갈 준비를 했고 하버드에서 세계로 나
갈 준비를 갖추었다. 콩코드는 그에게 큰 기대를 걸고 있었다. 그것
은 1837년의 하버드를 졸업한 사람이라면 누구에게나 당연히 걸 만
한 그런 큰 기대였다.

도로우 일가의 생업은 연필 만드는 일이었다. 그러나 진짜 가업
(家業)은 가르치는 일이었다. 도로우의 아버지는 보스턴에서 한 동
안 교사생활을 했다. 헬렌은 현직 교사였고 형인 존 역시 교사였다.
헨리 도로우도 방학을 이용해 드문드문 교사 경험을 쌓았었다.

대학 졸업 후 한 달이 지나서 그는 콩코드 마을 학교에서 교편을
잡았다. 그 직업은 두 주일 동안 계속되었다. 헨리 도로우는 조직 사

회에 대한 첫 번째 공개적인 불화를 일으킨 결과로 학교를 그만두었다. 당시 대부분의 교사들은 매와 벌로 아이들을 다스리는 것이 올바른 교육이라고 생각하고 있었다. 하지만 헨리 도로우는 그렇게 생각하지 않았다. 콩코드 학교에 교사로 취임할 때 자기는 결코 학생들을 때리지 않겠다고 선언했다. 두 주일쯤 후에 학교를 방문한 장학위원 한 사람이 그에게 학생들에게 육체적인 벌을 가해야 한다고 말했다. 도로우는 장학위원회에 대고 당신네들이 직접 아이들을 가르치라고 외쳤다. 그리고 그는 학교를 떠났다. 누군가 이러쿵저러쿵 교육방법에 대해 왈가왈부하는 것을 참을 수 없었던 것이다.

콩코드에서 다른 교사 자리를 찾는 건 생각보다 쉽지 않았다. 그해의 남은 기간 동안 그는 아버지를 도와 연필을 만들었다. 그러던 어느 날 먼 곳으로 떠나 직장을 구해야겠다고 마음먹고 1837년 12월 30일 오레스테스 브론스에게 도움을 청하는 편지를 썼다.

도로우는 작은 학교의 교사 자리 혹은 그보다 좀 큰 학교의 조교 자리를 요청했다. 그는 계속해서 이렇게 썼다. "나는 가르치는 사람이나 배우는 사람이나 모두 즐거운 교육이 되도록 할 수 있습니다. 선생님께서 알고 계신 그런 교육 기관이 있다면 제게도 알려 주는 수고를 아끼지 말아 주십시오. 그렇게 해주신다면 다시없는 기쁨일 것입니다."

도로우는 구구절절한 내용을 편지에 담았다. 대학을 갓 나온 젊은이답게 희망을 품고 애타게 일자리를 찾고 있었다. 답장은 오지 않았다. 그래서 1838년 그는 직장을 찾아 북쪽 메인 주로 구직 여행을 떠났다.

도로우는 하버드의 퀸시 학장과 랄프 왈도 에머슨이 써준 추천서를 갖고 떠났다. 퀸시 학장은 자기 학교 재학생이었던 도로우가 '공립학교든 사립학교든 아니면 일반 가정이든 간에 교사로 채용하기에' 적합한 인물이라고 추천서를 적었다. 에머슨도 도로우를 채용할 사람에게 이렇게 썼다. "나는 도로우 씨의 도덕적 성품과 지적능력에 대하여 확실하게 보증하는 바입니다."

이 유명한 인물들의 추천서를 지참했음에도 불구하고 도로우는 메인에서 직장을 구하지 못했다. 그는 콩코드로 돌아왔다. 한동안 남쪽의 버지니아 주에서 직장을 구해볼까 생각하다가 형인 존과 함께 남으로 더 내려가서 버지니아 서쪽에 있는 켄터키에서 직장을 구해보기로 작정했다. 그러나 그들은 가지 않았다.

더러 사람들은 자신의 어떤 행위를 설명하기 어려울 때가 많이 있다. 그 까닭이 단순한 경우는 거의 없다. 도로우는 여기저기서 취직을 하지 못하게 된 것을 오히려 기뻐했을지도 모를 일이다. 그는 어디서든지 직장을 얻고자 했으나 콩코드를 너무나 사랑했고 그래서 그곳을 떠나고 싶지 않았을 터였기 때문이다.

한번은 어머니에게, 대학을 나온 뒤 무슨 직업을 선택하는 것이 좋겠느냐고 물어본 일이 있었다. 조금은 우스개 소리로 어머니는, 등에 배낭을 지고 행운을 찾아 세상 밖으로 나가보는 것이 좋겠다고 대답했다. 그런데 헨리는 울음을 터뜨렸다. 누나인 헬렌이 그를 껴안아 입을 맞추며 가지 않아도 된다고 말해 주었다.

"넌 집에 남아서 우리와 함께 살 수 있어."

라고 그녀는 말했다. 그리고 그것은 정확하게 도로우가 생애의 대부분에 걸쳐 한 일이 되어 버렸다.

1838년 그와 존은 집에서 사립학교를 열었다. 다음해 그들은 문을 닫았던 콩코드 아카데미로 학교를 옮겼다.

경험 많은 교사인 존이 학교의 책임을 맡았다. 그는 학생들 사이에 인기가 좋았고 어떤 학생들은 아예 도로우의 집에서 살았다. 헨리는 라틴어, 희랍어, 프랑스어 그리고 수학을 가르쳤다. 일주일에 한번 형제 교사는 학생들을 데리고 자연을 공부하러 야외로 나갔다. 그때 당시로서는 파격적인 수업 방법이었다. 매를 댄다든가 그 밖의 다른 체벌은 일체 없었다.

그들의 학교는 매우 성황을 이루었다. 순식간에 25명의 학생이 모여 들었고 입학을 대기하는 학생들이 생겨났다.

도로우 학교가 한참 성황을 누리던 1839년 존과 헨리는 배를 타고 콩코드 강을 내려갔다가 메리맥 강을 거슬러 북쪽으로 뉴햄프셔 주까지 올라갔다. 학교와 그들 두 사람에게는 밝은 장래가 확실하게 보장되어 있는 것 같았다. 그러나 사실은 그렇지 못했다. 이런저런 이유가 있었지만 아무튼 학교는 1841년 3월에 갑자기 문을 닫았다.

그 이유 가운데 가장 큰 것은 의심할 여지없이 바로 헨리 도로우 자신에게 있었다. 뭔가 만족할 만한 성공을 하게 되면 그는 더 이상 그것을 계속하고 싶어 하지 않았다. 한번은 연필 만드는 공정을 새로 개발하여 좋은 제품을 낼 수 있게 되었고 사람들이 그를 칭찬하면서 이제 도로우네 연필 공장이 크게 발전하겠다고 하자 도로우는 더 이상 연필을 만들지 않겠다고 선언했다. 그러나 경제적 사정 때문에 그는 어쩔 수 없이 선언을 번복하고 계속 연필을 만들어야만 했다.

도로우가 학교 문을 닫은 또 하나의 이유는 랄프 왈도 에머슨에게 있었다. 사람들이 도로우는 에머슨의 제자일 뿐 아니라 단순한 모방자에 불과하다고들 했던 것이다. 도로우만큼 개성이 뚜렷한 사람은 일찍이 없었다. 도로우는 언제나 자기 자신이 되고자 애를 썼고 세상이 요구하는 것이 아니라 자기가 바라는 것을 이루고자 했다. 그는 날마다 새로운 결단을 내렸다. 그 젊은이는 자기 자신의 생각, 가치관 그리고 목적을 소유한 성인이 되어가는 과정을 밟고 있었던 것이다.

그러나 만약에 에머슨이 없었다면 도로우가 「월든」이라든가 「콩코드강과 메리맥 강에서의 한 주간」을 쓸 수 없었으리라는 사실 또한 명백하다. 에머슨이 곁에 없었다면 그토록 자연을 깊이 공부하고 자신과 세상에 관하여 그토록 아름다운 문체로 글을 쓸 수는 없었을 것이다.

랄프 왈도 에머슨은 도로우를 위하여 하버드 학장에게 편지를 쓸 때만 해도 그를 잘 모르고 있었다. 그저 사람들이 영리하다고들 하는 한 청년에게 호의를 베푼 것에 불과했다. 그가 도로우를 알게 된 것은 그를 교사로 천거할 때였다. 이미 유명해진 34세의 에머슨이 20세의 도로우를 만난 것은 1837년이었다.

도로우는 에머슨을 연설가요 저술가로 진작부터 알고 있었다. 에머슨이 콩코드에서 연설하는 것을 들은 적도 있었다. 1836년에 출간된 에머슨의 수필집 「자연」도 읽었다. 아마도 도로우는 미국의 작가와 사상가들의 역할에 관하여 1837년 하버드에서 행한 그의 강의도 들었을 것이다. 그의 수필과 강의는 당시의 젊은이를 자극하는 강한 메시지를 담고 있었다.

1803년 보스턴에서 태어난 에머슨은 어려서부터 재능을 나타냈다. 그의 아버지가 1811년에 사망하자 고모인 메리 무디 에머슨은 에머슨 가의 아들들은 시인으로 연설가로 사상가로 성장해야 한다고 주장했다.

에머슨은 보스턴 라틴어 학교에 나갔다. 학교 일과를 마친 다음에는 사설 학교에 가서 글쓰기를 배웠다. 하버드에 들어간 것은 1817년이었다. 하버드에 다니는 동안 그는 매일같이 머리에 떠오르는 생각이나 시상(詩想)을 기록했다. 이때의 일기가 후에 그의 강연과 저술에 중요한 자료를 마련해 주었다.

에머슨은 하버드를 졸업한 뒤 형인 윌리엄과 함께 여학교를 세웠다. 1825년에는 목사를 양성하는 캠브리지 신학교에 입학했다. 신학교에 다니는 동안 뉴햄프셔에 설교를 하러 갔다가 거기서 첫 번째 아내가 된 엘렌 티커를 만났다. 그녀는 일 년 반 뒤에 타계했다. 1829년 에머슨은 보스턴에 있는 한 교회의 목사가 되었다.

에머슨은 영향력 있고 인기 있는 설교가였다. 그러나 신학교에 다닐 때부터 그는 교회가 가르치는 어떤 신조에 관하여 의심을 품고 있었다. 그는 자기가 믿지 않은 것들을 가르칠 수 없다는 이유로 1832년 목사직을 그만 두었다. 이것은 사상가요 저술가로서의 에머슨에게 일생일대의 결단이었다. 목사직을 떠난 다음 에머슨은 유럽으로 건너가 당시의 저명한 영국 시인들과 사상가들을 만났다. 무엇보다도 중요한 것은 시인 윌리암 워즈워드와 스코틀랜드의 토마스 칼라일을 만난 것이었다. 독일의 관념주의 저술들한테 영향을 받았던 이들과 에머슨은 사상적 동감을 나눌 수 있었다.

에머슨은 듣고 본 모든 것들로부터 큰 감명을 안은 채 미국으로 돌아왔다. 이제는 자기 속에 떠오르는 생각들을 말과 글로 표현하는 것이 그의 사명이었다. 아름다운 인간의 영혼, 사람과 우정 그리고 책임에 대하여 하고 싶은 말이 많았다. 또 하느님과 인간이 자연 속에서 하나가 되는 방법에 대하여도 할 말이 있었다. 그는 이런 주제들을 가지고 강연을 시작했다.

에머슨은 재미있게 그리고 열정적으로 자기 생각을 표현할 줄 알았다. 그는 일기장에 기록해 두었던 것들로 강연을 했고 그 강연 내용은 뒤에 유명한 에세이로 발전되었다. 그는 자신의 생각을 조리있게 형식을 갖추어 전개하지는 않았다. 한 가지 주제에 대하여 여러 가지 측면에서 감정적이고 음악적인 방법으로 접근해 나갔다. 누군가가 말한 대로, 에머슨의 문장들은 서로끼리는 연결되어 있지 않고 제각각 하느님과 연결되어 있는 듯했다. 에머슨이 영향력 있는 연설가가 된 것은 그의 아름다운 표현력 때문이었다. 사람들은 에머슨이 무슨 말을 하는지를 듣기 위해서가 아니라 그가 말하는 것을 보기 위해서 몰려들었다. 그의 사상이 아니라 그 자신이, 생각들을 가치 있는 체계로 연결시켰다.

1833년 에머슨의 부모는 콩코드로 이사했다. 1835년 에머슨은 플리모드의 리디아 잭슨과 결혼하여 콩코드 근교에 살림집을 마련하였다. 거기서 네 자녀가 태어났다. 맏아들 왈도는 다섯 살이 되었을 때 죽었다.

에머슨은 집에서 일을 했다. 오전에 글을 쓰고 오후에는 산보, 밤에는 가족 친지들과 이야기를 했다. 그는 끊임없이 강연하고 또 강연했다. 그가 강연을 한 장소는 주로 문화회관이었다.

당시 미국의 거의 모든 도시와 마을에는 문화회관(Tyceum)이라고 불리는 교육기관이 있었다. 문화회관에서는 음악회나 강연회가 끊임없이 열렸다. 연사들은 거기서 자신의 생각을 공중 앞에 발표하였고 그것이 생활 수단이 되기도 했다. 에머슨은 고향 부근에 있는 거의 모든 마을의 문화회관에서 강연을 했다.

그의 첫 번째 책인 「자연」이 1836년에 출판되었다. 그 책에서 에머슨은 인간의 영혼은 자연을 통하여 하느님과 가까워진다고 말했다. 그는 자연이야말로 하느님의 유일한 그림자 또는 의복이라고 생각하였다. 이 세계의 모양이나 빛깔에도 아름다움이 있긴 하지만 세계의 진정한 아름다움은 그것이 신적인 품격을 지니기 때문이라고 강조했다.

에머슨은 1837년 하버드에서 매우 중요한 강의를 했다. 그는 강의 제목을 '아메리카 학자' 혹은 '배움의 사람'이라고 붙였다. 당시 그 강의는 '우리의 지적인 독립 선언'이라고 불렸다. 그것은 독립적인 아메리카의 사상과 저술을 호소하고 주장하는 내용이었다. 에머슨은 미국이 지적, 예술적 사상에 있어서 유럽에 의존하는 행위를 그만 두어야 한다고 주장했다. 자기 머리로 생각하고 그 생각을 예술로 드러내야 한다고 말했다. 이를 위해서는 작가나 학생이 끊임없이 노력해야 한다는 것이었다. "그들은 끊임없이 생각을 해야 한다. 자연을 공부하고 과거 역사를 공부해야 한다. 또한 자기 자신을 행동으로 나타내야 한다."

지성인은 모름지기 세계의 마음과 가슴이 되어야 한다고, 에머슨은 확신했다. "그는 자기 자신을 알고 자연을 알아야 한다. 사물을 바로 알되 전체적으로 — 말하자면 자기만을 위해서가 아니라 모든 사람을 위해서 — 알아야만 한다."

미국의 저술가나 사상가들에 대하여 언급하는 가운데 에머슨은 이렇게 말했다. "우리는 이제 우리의 발로 걸으리라. 우리의 손으로 일하고 우리의 마음으로 말을 하리라."

헨리 데이빗 도로우는 에머슨을 직접 만나기 전부터 그한테서 굉장한 영향을 받고 있었다. 두 사람의 만남은 1837년에 이루어졌다. 마침 도로우의 집에 살고 있던 에머슨의 처형 루시 브라운이 어느 날 에머슨이 강의한 내용을 도로우의 누이 헬렌에게 말했는데 헬렌은 자기 동생도 일기장에 그와 비슷한 생각을 적었다고 대답했다. 그녀는 동생의 일기장을 브라운에게 보여주며 두 사람의 생각이 비슷하다는 것을 설명했다. 도로우도 에머슨처럼 대학에 있을 동안 자신의 생각을 매일 기록해 두었던 것이다.

루시 브라운은 즉시 두 사람의 만남을 주선했다. 그녀는 이미 헨리 도로우에 대하여 다른 사람들보다는 많이 알고 있었다. 멋쟁이였던 브라운 부인의 남편은 자주 사업차 여행을 떠났었다. 당시 20세였던 도로우는 30대였던 이 부인에게 어떤 연정을 품고 있었다. 자기는 여자들의 예쁜 얼굴이나 매혹적인 자태에 별 관심이 없다고 말한 적이 있었지만 도로우 역시 다른 젊은이들처럼 젊은 여자에게 끌리는 마음을 어쩔 수 없었던 모양이다. 다른 젊은이들과 마찬가지로 그도 자기를 이해하고 동정심을 베풀어 주는 여자를 좋아하였다. 그는 그런 감정을 다른 사람들에게는 감추는 대신 당사자에게는 털어놓았다.

1837년 5월 도로우는 종이에 시를 적어 꽃다발 속에 넣은 다음 그것을 루시 브라운의 열려진 창문에 던져 넣었다. 자신의 감정을 꽃에다 비교한 내용의 시였다.

11년 뒤 도로우의 첫 시집에 이 시가 들어갔는데 시를 쓰게 된 내력에 대해서는 아무 말도 하지 않았다. 그냥 어떤 꽃을 보았는데 그 꽃이 자기 자신을 생각나게 해주었다고 말했을 뿐이었다. 그는 곧잘 자신의 다정한 감정을 자기 자신으로부터 분리시켜 말했으므로 그의 진짜 감정은 사람들에게 드러나지 않았다. 그것이 그의 특기라면 특기였다.

두 사람이 만났을 때 에머슨은 자기보다 14살 아래인 도로우를 매우 반겼다. 그리고 루시 브라운에게 보낸 시에 대해서도 호감을 표시하였다. 그는 도로우가 시인이 될 거라고 생각했다. 그러나 그가 도로우에게 관심을 갖게 된 이유는 다른 데 있었다. 그는 이 대학을 갓 나온 젊은이한테서 "내가 그 동안 만난 사람 가운데서 가장 자유롭고 ……한 마음"을 발견했던 것이다. 이내 그는 도로우를 가리켜 '콩코드의 인물' 이라고 부르게 되었다. 1838년 에머슨은 일기에 도로우의 사상은 의미 깊으면서도 분명하고 단순하게 표현되고 있다고 썼다.

에머슨은 도로우한테서, 그가 유명한 하버드 강의에서 묘사한 바로 그런 인물이 될 가능성을 발견하였다. 도로우야말로 사상가이자 행동하는 사람이 될 수 있고 자연과 가까운 시인이 될 수 있다고 믿었다. 좋은 교사이기도 했던 에머슨은 한 젊은이의 위대한 문학적 소양을 발전시켜 줄 수 있게 된 것을 매우 기뻐하였다.

에머슨과 만남은 도로우의 생애를 바꿔 놓았다. 에머슨의 생애는 교회의 목사직을 떠났을 때 이미 바뀌었다. 그 둘의 차이점은 에머슨보다 10년쯤 빨리 도로우의 생애가 바뀌었다는 점이다. 또 다른 차이는 에머슨이 누구의 조언이나 격려도 받지 않고 스스로 결단했던 데 반하여 도로우에게는 방향을 정해주고 옹호해 준 에머슨이 있었다는 점이다.

도로우는 에머슨의 우정에 힘입어 발전해 나갔다. 그는 또한 에머슨을 만나기 위하여 콩코드를 방문한 다른 사람들의 은덕도 입었다. 당시의 도로우는 굉장히 들떠 있었고 행복했다.

에머슨은 미국의 이상주의적, 시적(詩的) 사상을 이끌어가는 인물이었다. 작가 나다니엘 호돈이 1842년 콩코드로 이사를 왔다. 호돈은 에머슨한테서, 모든 사람에게 영향을 끼칠 수 있는 독자적인 사상가의 모습을 발견했던 것이다.

1845년 호돈은 에머슨의 사상이 지니고 있는 힘에 대해서 언급했다. 수많은 젊은이들, 이상가(理想家)들이 인생의 수수께끼에 대한 해답을 얻고자 멀리서부터 오고 있다고 기록했다. 그런가 하면 일정한 사고의 틀에 묶여 있는 노인들이 에머슨을 같은 사고의 틀에 묶어 놓기 위하여 찾아오고 있다고도 했다. 어떤 사람들은 새로운 생각을 품고 콩코드로 왔다. 그들은 자신의 새로운 생각을 에머슨에게 털어 놓고 마치 보석을 발견한 사람이 보석상에게 그것이 진짜인지 비싼 것인지 감정을 의뢰하듯이 의논했다고 기록하였다.

바로 이러한 지식 사회에서 이런 사람들과 어울리는 가운데 젊은 도로우는 사상가와 저술가로서의 인생을 전개시켜 나가기 시작했다. ✾

4.
하버드 출신의 '초월주의자'들

1836년 에머슨의 도움으로 후에 '초월주의자 클럽'라는 이름으로 유명해진 한 모임이 생겨났다.

아직까지 누구도 '초월주의(Transcendentalism)'라는 말의 뜻을 충분히 그리고 제대로 설명한 사람은 없다. '초월'이란 말은 보편적인 한계를 뛰어넘는다는 뜻이다. 그러므로 '초월주의'란 말이 무엇을 의미한다고 정확하게 규정할 수는 없다. 왜냐하면 그것 자체가 한계를 지어주는 것이기 때문이다.

그러나 상식적인 선에서 초월주의가 무엇을 다루고 있는지는 설명할 수 있다. 초월주의는 보편적인 경험의 한계를 벗어나 있음으로써 딱히 뭐라고 규정할 수가 없는 사상이나 감정을 다룬다. 상식으로는 이해할 수 없는 것들에 관하여 초월주의는 흥미를 갖는다. 물리적인 세계를 설명하거나 시비를 가리는 문제에는 관심을 갖지 않는다. 미국의 초월주의는 부분적으로 몇몇 독일의 작가들과 영국 작가 워즈워드나 칼라일의 저술한테서 왔다고 볼 수 있다. 그러나 그보다 많은 영향을 받은 것은 청교도주의한테 서였다고 하겠다.

청교도주의는 1600년대 미국인의 생활에 지대한 영향을 미쳤던 개신교의 신앙 양식이었다. 청교도들은 교회의 예배 형식들을 좀 더 단순하게 하고자 원했고 선량한 도덕 생활에 큰 관심을 지니고 있었다. 그러나 청교도주의 안에는 하느님의 아름다움과 선(善)의 아름다움을 '초월적으로' 즐기는 경향이 있었다.

그러나 뭐니 뭐니 해도 미국 땅의 초월주의에 있어서 가장 중요한 요소는 바로 랄프 왈도 에머슨이었다. 초월주의는 인간의 영혼 안에 있는 특별한 종류의 지식에 대한, 인간의 영혼이 직접 하느님과 관계를 맺는다고 믿는, 하느님과 진리와 아름다움의 표징으로서의 자연에 대한, 에머슨의 신앙이 거기에 함축되어 있었다. 초월주의자들의 모임에 가담한 사람들은 만날 때마다 시와 사랑, 우정, 자연 등에 관하여 토론했다.

나이로는 그들보다 훨씬 어렸지만 헨리 도로우는 초월주의자들의 모임에 가입하는 것이 허락되었다. 에머슨, 브론슨 올코트, 마카렛 풀러 등이 그 모임을 이끌어 나갔다. 그밖에 호돈의 제수인 엘리자벳 피보디, 도로우의 산책 동료가 된 윌리엄 엘러리 챠닝, 문학도로서 유명했던 C. P. 크란츠 같은 방문자들도 있었다. 그들 대부분이 에머슨이나 도로우와 마찬가지로 하버드 출신이었다.

에머슨에 의하면, 초월주의자들 가운데서도 특히 도로우와 가까웠던 사람들은 올코트, 챠닝 그리고 마가렛 풀러였다. 이 작은 모임의 모든 회원들이 도로우의 평생 친구가 되어 주었다.

에이모스 브론슨 올코트는 에머슨과 가까이 있고자 1840년 콩코드로 이사를 했다. 그는 지식인이긴 했으나 현실적이진 못했다. 예를 들면 자기 가족을 1에이커의 땅을 경작하여 부양하려고 했다.

코넥티커트에서 태어난 올코트는 대학을 다니지 못했지만 자기가 옳다고 믿는 혁신적인 사상들을 발표하기 시작했다. 학생들을 가르칠 학교를 찾지 못했으므로 거의 5년이라는 세월을 가사용품을 팔면서 남부의 여러 주를 돌아다녔다. 그런 다음 다시 북부로 돌아와 보스턴의 목사 딸과 결혼하고 코넥티커트, 펜실베니아 그리고 보스턴의 학교에서 학생들을 가르쳤다. 그는 엘리자벳 피보디와 함께 보스턴에 학교를 세우고 질문 - 대답이라는 방식으로 학생들을 가르치기 시작했다. 이런 방식의 가르침은 당시로는 이례적인 것이었다. 올코트는 학생들의 상상력을 고양시키고 종교에 대하여 독자적인 생각을 하도록 용기를 넣어 주고자 했다. 이런 생각에 대하여 신문들이 공격을 가했고 결국엔 학교의 가구들과 도서들을 팔지 않을 수 없는 지경에까지 이르게 되었다.

올코트는 도로우의 절친한 친구가 되었고 그를 존경하게 되었다. 1842년에 올코트는 에머슨이 대준 경비로 영국에 가서 칼라일을 만났다. 칼라일은 그를 가리켜, 얼굴과 몸이 홀쭉하게 길고 이 세계를 단순한 생활이라는 수단으로 구원하기로 결심한 신사라고 했다.

사라 마가렛 풀러에 대해서는 부드럽게 회상할 만한 것들이 거의 없다. 그녀는 여성의 권리에 대하여 투철한 신앙을 지녔었다. 그녀는 쉬지 않고 말을 계속했다. 고향인 보스턴에서 일찍이 그녀의 입심은 유명했고 지식인 여성들에게는 존경을 한 몸에 받았다.

마가렛 풀러의 부친은 하버드 출신 법률가였고 자기 딸의 교육 방향은 그가 결정했다. 그래서 여섯 살 때 라틴어를 배웠고 다른 아이들이 겨우 문자를 해독할 때에 셰익스피어를 읽었다. 그녀는 일찍부터 칼라일을 읽어 마침내 초월주의 사상을 받아들이게 되었고 그 사상에 대하여 말을 하게 되었다.

마가렛 풀러는 말하는 것을 꽤나 좋아했다. 누군가에게 말을 하다보면 자신의 생각이 발전된다고 했다. "나는 곁에 동료를 연상하지 않고 혼자서 생각하지는 않는다."고 그녀는 말했다.

도로우는 마가렛 풀러의 말하고 쓰는 능력이 최고의 경지에 도달해 있을 때 그녀와 함께 일을 했다. 초월주의자들은 자기네 사상을 표현할 잡지가 필요했다. 이 문제를 해결하기 위하여 에머슨은 1840년 「더 다이얼」을 발간하기 시작했다. 1840년부터 1842년까지 마가렛 풀러가 편집장이 되었고 조지 리플레이가 그녀를 도왔다. 비록 4년밖에는 지속되지 못했지만 「더 다이얼」은 미국 문학사에서 가장 유명한 잡지들 가운데 하나가 되었다.

도로우의 글이 처음으로 활자화된 것은 「더 다이얼」에서였다. 그것은 '동정'(同情)이라는 제목의 시였다. 도로우는 그 시 말고도 여러 편을 마가렛에게 주었었다. 마가렛은 다른 시들에 대해 정직하고 날카롭다는 비평을 덧붙여 돌려주었다. 도로우는 마가렛 풀러의 일을 돕다가 마가렛이 편집을 그만두자 에머슨을 도와 잡지를 펴냈다. 거의 매 호마다 도로우의 시나 산문이 실렸다. 에머슨, 마가렛 풀러, 그리고 「더 다이얼」이 헨리 도로우를 작가로 만들었던 것이다.

윌리암 엘러리 챠닝은 마가렛 풀러의 누이인 엘렌과 결혼하였다. 그도 역시 올코트처럼 에머슨 곁에 있고자 콩코드로 이사 온 사람이었다. 젊은 챠닝은 시를 쓰기 위하여 하버드를 떠났다. 한동안 그는 일리노이스 중서부에 있는 한 농장에서 살았다. 그는 콩코드로 오던 해인 1842년에 결혼했다. 도로우는 챠닝의 시를 좋아하지 않았다. 그러나 챠닝의 사람됨만은 무척 좋아하여 줄곧 산책 동료로 삼았고 때로는 장거리 여행도 함께 떠났다.

이런 사람들이 모두 도로우의 친구가 된 것은 루시 브라운 부인이 우연히도 도로우의 하숙집에서 살게 된 덕분이라고 하겠다. 그들은 모두 당시 미국의 최고 문학적 지성이었다. 그들은 언제나 새로운 것에 영감을 받았고 미국의 사상과 문학에 대하여 열광적이었다. 그들은 서로 대화하고 글을 나누어 읽음으로써 영감을 주고받았다. 도로우의 콩코드 시절에 가장 중요한 영향을 미친 사람은 에머슨, 올코트 그리고 챠닝이었다.

그들은 자기네 말로 단순한 생활과 고상한 사고(思考)라고 부르는 것을 함께 나누었다. 그리고 다른 사람들에게도 그렇게 살라고 권면하였다.

그러나 도로우는 그의 동료들과는 달리 이상주의자면서 동시에 실천적인 사람이었다. 올코트를 제외하고는 모두가 직장 없이도 단순한 생활을 안락하게 즐길 수 있을 만큼 충분한 돈을 지니고 있었다. 그러나 도로우는 아이들을 가르치거나 연필을 만들어서 생활비를 마련해야만 했다. 또 다른 차이점은 도로우만이 콩코드 토박이였다는 사실이다. 다른 초월주의자들은 모두 콩코드 출신이 아니었다. 도로우는 또한 자연을 대하는 태도에 서도 그들과 달랐다. 다른 사람들은 시적인 관념으로 자연을 사랑했다. 그러나 도로우는 자연의 일부가 되어 그 속에서 살아가는 자로서 자연을 알고 사랑했다.

미국 제일의 지식인 사회에 일원이 된 것은 충분할 만한 경험이었다. 처음에 도로우는 귀를 기울여 듣는 일 말고는 아무것도 못했다. 그러나 이내 그도 다른 사람들과 어울려 자기 말을 할 수 있게 되었다. 비록 그들만큼 매끈하게 말하지는 못했지만 자신의 생각을 확신하고 있었으므로 그들보다 더 정확하고 올곧게 말할 수 있었다. 또한 그는 자기가 실제로 알고 있는 것보다 더 많이 알고 있는 척하는 사람에 대하여 참을성이 없었다.

올코트, 마가렛 풀러 그리고 엘러리 챠닝은 도로우의 가장 중요하고 가까운 동료가 되었다. 그러나 그들 모두에게 영향을 끼친 것은 에머슨이었다. 도로우는 이것을 잘 알고 있었다.

그의 처음 일기에는 에머슨에 대한 기록이 별로 나오지 않는데 가끔 에머슨을 칼라일과 비교하는 대목이 나온다.

에머슨에 대한 도로우의 기억을 보면 도로우가 에머슨을 아주 잘 이해하고 있었음을 알 수 있다. 그는 에머슨의 사랑, 우정, 종교, 시(詩)에 대한 사상이 비평가나 시인으로서의 능력보다 훨씬 중요하다고 기록했다. 나아가서 그는 에머슨에게 다른 사람들이 지니지 못한 특별한 재능이 있고 또 다른 사람들보다 하느님의 영을 더 많이 간직하고 있다고 했다. 도로우는 에머슨이 젊은이들에게 그 어떤 사람보다 크나큰 영향을 끼쳤다고 기록했다.

나중에는 에머슨에 대하여 그 정도로 좋게만 말하지는 않게 되었지만, 새로운 사회에 처음 발을 들여놓은 데다가 저명한 인사들의 칭찬을 받게 된 젊은 도로우의 들뜬 인상이 그러했음은 짐작이 가고도 남는다. 콩코드는 하버드를 갓 졸업한 젊은 도로우에게 뭔가 큰 기대를 걸고 있었다. 게다가 이제는 초월주의자들도 에머슨의 젊은 친구에게 기대가 컸다. 학교에서 아이들을 가르치는 것이 헨리 도로우에게는 더 이상 그렇게 중요한 일로 여겨지지 않았다. ✿

5.
가슴 아픈 연애사건

도로우의 처음 인쇄된 시(詩) '동정'과, '동방의 처녀에게'라는 제목의 또 다른 시는 도로우가 형인 존과 함께 사랑하던 한 소녀에게 바친 것으로 여겨진다.

헨리는 하숙집 손님들한테서 자주 영향을 받곤 했다. 헨리네 집에서 하숙을 하고 있던 프루덴스 와드는 에드문드 스월이라는 11살 된 조카를 데리고 있었는데 그녀는 조카를 도로우의 학교에 보냈다. 1839년 7월 그 소년의 누나인 17살의 아름다운 소녀가 동생을 찾아 왔다. 그녀는 세 주간을 머물렀는데 그 동안 존과 헨리는 그녀를 데리고 마을과 근교를 돌아다니며 구경을 시켜주었다. '동정'(누나가 아니라 에드문드에 대한)이라는 시와 또 다른 일기장의 몇 대목만 보면 도로우가 엘렌 스월을 사랑했음이 분명하다. 그러나 그 다음 이야기를 들어보면 헨리가 형인 존에게 엘렌을 양보한 것으로 되어 있다.

이 이야기는 콩코드에서 유명한 이야기라고 한다. 도로우의 일생을 이 가슴 아픈 연애사건과 1842년에 죽은 형의 사망에서 빚어진 결과로 풀어보려는 이들도 있었다.

자기의 생애를 이런 식으로 설명해 보려는 시도가 있다는 걸 안다면 도로우는 깜짝 놀라리라. 아마도 그는 입술을 꽉 다물고 성이 나서 돌아갈 것이다.

22살의 감수성 예민한 도로우가 사랑에 빠졌다는 것은 얼마든지 있을 수 있는 일이다. 그가 만약 루시 브라운이나 엘렌 스월 혹은 그 둘 다에게 연정을 느끼지 못했다면 그것은 오히려 이상한 일이 아닐 수 없다. 그러나 그의 희망이 좌절되고 형이 갑작스럽게 죽었다 해서 그 때문에 세계관이 바뀌었다고 보기는 어렵다. 도로우는 젊은 여자에게 흥미를 느끼는 평범한 사람이었다. 마찬가지로 또한 자신을 사랑하고, 새로 사귀게 된 동료들이나 자신의 미래를 사랑하는 평범한 사람이기도 했다. 그가 엘렌 스월로 인하여 어떤 슬픔을 맛보았으리라는 것은 의심할 나위가 없다. 그러나 그는 이 모든 슬픔을 새로운 생활에서 오는 흥분으로 잊어버렸다.

젊은 도로우는 그의 영웅 에머슨을 숭배했다. 그에게 미친 에머슨의 영향이 어찌나 컸던지 에머슨을 방문한 데이빗 하스킨스는 도로우의 변화된 모습을 보고 깜짝 놀랐다. 데이빗은 나중에, 도로우의 목소리가 에머슨의 목소리와 너무나도 비슷해서 눈을 감으면 누가 말을 하는지 분간 못할 정도였다고 기록하였다. 그는 반 농담으로, 도로우가 코까지 에머슨처럼 골았다고 했다.

도로우는 아마도 에머슨에 대한 자신의 존경심이 어떤 모양으로 표출되고 있는지를 몰랐겠지만 그러나 에머슨은 도로우가 자기를 흉내 내고 있는 줄 알았을 것이다. 그는 자기가 '아이'라고 호칭하는 젊은이가 보여주는 존경의 표시에 대하여 흐뭇해했을지도 모르는 일이다.

에머슨은 다른 꿈꾸는 듯한 초월주의자들과 달랐다. 그는 경험이 풍부한 현실주의자였다. 도로우에게 용기를 줄 뿐만 아니라 그를 도와줄 수 있을 만한 사람들과 만나도록 주선도 해주었다.

1841년 4월 도로우는 학교 문을 닫았으므로 실직 상태에 있었다. 에머슨은 강의를 하기 위하여 자주 집을 떠나야 했으므로 도로우를 고용하여 집안일을 맡겼다. 고용 계약의 조건은 도로우에게 숙식을 제공하는 대신 도로우가 스스로 알아서 집안과 정원을 가꾸고 보살핀다는 것이었다. 이렇게 되어 도로우는 하숙하는 사람들과 연필 제조 그리고 어머니의 수다스러움을 떠나 혼자서 읽고 쓸 수 있는 조용한 장소를 갖게 되었다.

도로우는 에머슨의 집에 일 년간 있기로 했다. 그 일 년이 이 년이 되었다. 에머슨의 집에서 사는 동안에 도로우는 일생일대의 슬픔을 맛보아야 했다.

도로우가 학교 문을 닫은 이유 중의 하나는 그의 형인 존이 결핵을 앓게 된 데 있었다. 당시에는 결핵의 치료 방법이 없었으므로 그것은 매우 무서운 질병이었다. 도로우의 집안에는 결핵을 앓은 사람들이 몇 있었다. 집에서나 직장에서나 헨리와 절친한 동료 사이였던 형 존은 1842년 1월 11일 마침내 세상을 떠났다.

헨리 도로우는 형의 죽음으로 인해 죽을 때까지 떨쳐 버리지 못한 슬픔을 안게 되었다. 그는 시를 씀으로써 마음의 슬픔을 달래보려고 했다. 첫 번째 책을 존에게 바쳤다. 그러나 도로우가 존의 죽음을 너무나도 슬퍼했으므로 가족들은 그 앞에서 되도록 존에 대한 말을 하지 않도록 늘 조심해야만 했다. 도로우 자신도 형에 대해서는 집에서 떠나 있을 때 편지로만 말했다.

존의 죽음으로 헨리 도로우의 표정은 어두워졌다. 마가렛 풀러, 올코트 그리고 에머슨조차 도로우와 어울리는 것이 어색해졌다. 이제 그는 더 이상 부지런하고 열성적인 젊은이의 모습을 보여 주지 않았다. 그는 차츰 독자적인 인간으로 되어 갔고 좀처럼 남의 영향을 받아들이지 않았다.

자신의 능력을 스스로 충분히 발휘할 수 있는 계획을 세워 나가는 한편 친구들과 사이가 멀어져 갔다. 그는 일기장에 자신의 생각을 완전하게 기록해 두고 싶어 했으며 강연도 하고 책도 쓰고자 했다. 자신이 생각했던 것만큼 쉽게 또는 빨리 성공을 거두지는 못했다. 일부러 남들과 버성기는 듯한 그런 때도 있었다. 에머슨조차 어느 날 "헨리를 대하는 게 껄끄럽게 되었다."고 말했을 정도였다.

그의 친구들은 대부분이 도로우에 대한 인상을 기록으로 남겨놓았는데 도로우에게는 사랑스런 면도 있지만 그들을 난처하고 당황하게 만드는 면도 있다는 것이었다. 그의 친구들은 도로우가 자기 자신에게 스스로 요구하는 것을 남에게도 에누리 없이 요구하고 있다는 사실을 알게 되었다.

초월주의자들과는 좀 거리를 두고 다니던 나다니엘 호돈은 당시의 도로우의 모습에 대하여 분명한 기록을 남겨 두었다. 호돈은 그 젊은이를 처음 보는 순간부터 좋아했다. 1842년 9월 1일 호돈은 자기 공책에다가 "도로우는 어제 우리와 함께 점심을 같이 했다."는 말로 도로우에 대한 기록을 남겼다. 그는 계속하여, 도로우가 자연을 유심히 관찰하는 모습을 적었다. 그런 짓이 남자들로서는 보기 드문 모습이었다고 적은 다음 계속해서 호돈은, "그의 사랑에 대한 답으로 자연은 마치 그를 자기의 특별한 아들로 받아들이고 다른 사람들은 좀처럼 눈치조차 챌 수 없는 어떤 비밀을 그에게만 보여 주는 것 같았다."고 썼다. 그는 도로우가 "인디언 부족들의 생활양식에 대하여 깊은 관심을 가지고 있었는데 그들의 야생적인 생활이 그에게 맞는 것 같았다."고도 기록했다. 호돈은 계속하여, 도로우가 문학 특히 시에 대하여 아는 것이 많고 훌륭한 작가라고 썼다. 도로우가 「더 다이얼」에 발표했던, 자연의 역사에 관한 글에 대하여 언급하고 그 글에 나타난 성실한 관찰을 칭찬하였다. 호돈은 그 글의 어떤 대목이 마치 시(詩)와도 같다고 했다. 도로우의 글과 그의 성품 안에는 '건전한 상식과 도덕적 진실'이 들어 있다는 말로 호돈은 글을 마쳤다.

「더 다이얼」에 발표된 한 편의 글에서 호돈은 도로우의 모든 저술에서 발견되고 있는 내용의 대부분을 보았던 것이다. 호돈은 또한,

도로우가 지니고 있는 야성(野性)이 초월주의한테서 얻은 것이 아니라 도로우 자신의 인간성에서 나온 것이라고 생각하고 있었다.

호돈과 도로우는 점심을 함께 하던 날 오후 늦게 도로우의 배를 타고 콩코드 강으로 나갔다. 그것은 1839년 형과 함께 일주일에 걸쳐 손수 만든 도오리라는 바닥이 평평한 배였다. 도로우의 배 다루는 솜씨가 어찌나 완벽했는지 배는 자유자재로 움직였다. 도로우는 수년 전 아메리카 인디언 몇 명이 콩코드에 왔다가 자기의 배질하는 모습을 보고 인디언 방식 그대로라고 했다는 말을 자랑스럽게 했다.

도로우는 처음으로 콩코드를 떠날 준비를 하고 있었다. 그래서 배를 호돈에게 팔았다. 호돈은 도로우에게 배 다루는 기술까지 넘겨받았으면 좋겠다고 했다.

도로우의 건강이 상당히 악화되어 있었으므로 호돈은 그가 환경과 일거리를 좀 바꿔보고자 떠나겠다고 했을 때 반겨했다. 그러나 도로우가 떠난다는 사실은 그에게 슬픔이기도 했다. "나는 그가 남아 있었으면 했다."고 호돈은 기록했다. 그는 도로우와 이야기를 나누면 마치 수풀의 나뭇가지들 사이로 불어오는 바람소리를 듣는 것 같다고 했다. 그러나 도로우는 '야성적인 자유'를 지니고 있는 동시에 잘 교육받은 사람이었다는 것이 호돈의 결론이었다.

도로우는 뉴욕 시를 가로질러 스테이튼 섬으로 떠났다. 거기서 그는 윌리암 에머슨의 자녀들을 가르치는 가정교사가 되었다. 아마도 에머슨이 자꾸만 이상해져가는 자기의 제자를 더욱 훈련시켜 보려는 노력의 일환으로 자기 아우와 의논하여 그에게 일자리를 마련해 주었던 것 같다. 그 무렵에 도로우는 산책하고 이야기하고 일기를 쓰고 집안일을 하는 것을 장차 평생의 일로 삼을 준비를 갖추었다고 볼 수 있겠다. 그는 그 밖의 다른 일자리를 가질 생각이 없었던 것 같다. 「더 다이얼」에 기고하는 것으로는 돈도 명성도 얻을 수 없었다.

에머슨은 그의 '아이'로 하여금 콩코드의 울타리를 벗어나 자신의 명성과 행운을 찾아볼 수 있도록 세상 바깥으로 내보냈던 것이다. ❀

6.
도끼로 시작한 인생모험

에머슨과 콩코드 마을 사람들은 도로우가 전문 직업을 갖고 있지 못하다고 생각했을 것이다. 그러나 정작 도로우 자신은 그렇지 않다는 사실을 알고 있었다. 그는 한 순간 한 순간을 살면서 좀처럼 앞날을 준비하지는 않는 것처럼 보였을 것이다. 확실히 그는 부자가 되려고 노력하지는 않았다. 그러나 그에게는 일이 있었다. 에머슨의 말대로 그는 학생이며 시인이었다. 또한 사상가며 작가였다. 그는 그 모든 일에 헌신적이었다. 지독히도 이 일에 몰두하였으므로 다른 일에 손을 쓸 여력이 없었다.

도로우의 글 쓰는 기술은 몇 해를 걸쳐 숙련되었다. 대학 재학 시절의 에세이나 초기의 시작(詩作)들은 다른 작가들의 습작과 마찬가지로 자기가 읽은 에세이나 시들을 본떠서 쓴 것들이었다. 이러한 습작들은 그에게 있어서 매우 중요했다. 또한 에머슨을 비롯하여 다른 친구들을 사귄 일도 그에게는 매우 중요한 일이었다. 자연에 대한 지식은 그에게 또 다른 영향을 미쳤다. 이런 모든 경험들을 통해 도로우는 자신의 문체와 내용을 발전시켜가고 있었다.

1841년, 23세 때 도로우는 글 쓰는 일에 우연한 행운 따위는 작용하지 않는다는 사실을 깨달았다. "얼마나 훌륭한 글을 쓰느냐는 얼마나 훌륭한 인간이냐에 달려 있다 …표지에서부터 마지막 장까지의 사이에서 읽혀지는 것은 작가의 성품이다." 도로우는 글을 쓰는 데 있어서 과연 중요한 것이 무엇인지를 알았던 것이다.

도로우는 자기가 살고 있는 시대의 역사에 관심을 갖는 작가들이 있는가 하면 자기가 살고 있는 시대의 인간들에게 관심을 갖는 작가들이 있다고 말했다. 도로우는 19세기 전반부의 역사에 대해서는 별다른 관심을 두지 않았다. 그의 관심은 자기 자신에게 쏠려 있었다. 그는 또한 모든 인간의 자아에, 그들의 개인에 관심을 두고 있었다. 이제 그는 자기에게 꼭 필요한 직업을 가지게 되었고 거기서 넉넉한 보수도 받게 되었다. 돈도 명성도 얻지 못했지만 다른 직업을 가질 생각은 애당초 없었다. 1841년 3월 17일 일기에 그는 이렇게 적고 있다. "나는 농부나 지주가 됨으로써 내 자유를 조금이라도 잃을 마음이 없다." 도로우는 그때 생각하고 글 쓰는 자유를 얼마든지 누릴 수 있는 상황이었다. 그에게는 이것이 전부였다.

도로우는 농장을 좋아했다. 그러나 농사일은 좋아하지 않았다. 그가 사랑한 것은 소의 목에 달린 종이 딸랑거리는 소리였다. 그 종소리가 교회 탑의 거대한 종이 울리는 소리보다 더 그를 즐겁게 했다. 그는 또한 자연을 사랑하되 순전히 자기 식으로 사랑했다. 그는 채닝이나 에머슨 같은 시인들이 사랑하는 방식으로 자연을 사랑하지는 않았다. 도로우는 자기 자신이 자연의 일부라고 생각했기 때문에 자연의 야성(野性)을 있는 그대로 사랑했다.

도로우의 친구들이 그에 대하여 좀처럼 이해하지 못한 것 중의 하나가 바로 자연과 자신을 일체화하는 그 점이었다. 때로는 자신조차 그 때문에 어려움을 겪어야 했다. 1841년이 저물어갈 무렵 그는 다른 어떤 책보다도 바위틈에서 자라나는 마른 풀에 더 일체감을 느낀다고 기록하였다. 그는 자기가 다른 사람과는 좀 다르게, 모든 사물의 천연스런 야생 상태를 더 사랑하는 어떤 야성적인 본능을 지니고 있음을 알고 있었다.

자연의 야생 그대로를 사랑하는 자신을 다른 사람들이 잘 이해하지 못한다는 사실까지도 그는 알고 있었다. 그러나 여전히 그는 자신의 성품에 충실하였다. 그리고 살아가면서 그는 모든 인간이 깨닫게 되는 진리 즉 인생이란 어차피 고독한 것임을 발견하였다. 결단, 판단, 신념 따위는 결국 혼자서 내릴 수밖에 없는 것이다.

도로우는 자신이 아직 많이 모자란다는 생각으로 자주 초조해 하였다. 그의 형 존이나 다른 사람들이 그랬던 것처럼 자신과 세상에 대하여 만족하질 못했다. 그는 과학에 대한 흥미만큼이나 시에도 또한 흥미가 있었다. 홀로 있고 싶어 하면서도 또한 다른 사람들과 어울리고 싶어 했다. 특별한 재능을 가진 자들이 다른 사람들과 유별난 데가 있듯이, 그는 자신이 다른 사람들과 사뭇 다르다는 사실을 알고 있었다. 그러나 그도 또한 다른 사람들처럼 이 세상에서 자기의 자리를 찾고 싶었다. 도로우에게 우선 그것은 자신을 발견하고 표현하는 것을 의미했다. 일생을 통하여 그는 자신의 색다른 성격을 모두 한 데 모아 먼저 자기가 누구인지를 알고 다른 사람들이 그를 헨리 데이빗 도로우로 알게 하기 위하여 투쟁하였다.

그는 '콩코드' 라는 제목으로 시를 쓸 수 있겠다는 생각을 여러 번 하였다. 그는 콩코드를 사랑했다. 도로우에게 참된 시란 시인이 자신에게서 찾고자 하는 것과 일치되는 것이었다. 진짜 시는 표현의 완성 바로 그것이었다. 한 인간이 지니는 여러 다른 감정을 하나로 결합시키는 것을 사랑이라고 생각했다. 사랑을 통하여 우주의 정신에 도달하는, 바로 그것이 그의 가장 절실한 바람이었다.

이러한 열망으로 가득 찬 도로우가, 학생을 가르친다거나 연필을 만드는 일 따위가 너무 값비싼 대가를 요구하는 일거리라고 생각한 것은 이상할 게 없다. 그런 일거리들은 너무나 많은 시간과 정력을 요구하는 일이었다. 에머슨의 정원을 가꾸거나 나무와 못으로 무엇을 만드는 일은 그가 하기에 가장 적절한 일거리였다. 그런 일을 하면서 자기를 즐겁게 해줄 만한 일들이 뭔가를 생각할 수 있었던 것이다. 동시에 머릿속에 무한한 생각들을 그려내고 손을 놀려 일하는 재미를 맛볼 수도 있었다.

6년 전의 도로우는 좋은 가문의 가정교사가 될까 하는 생각을 했었다. 그런데 스테이튼 섬에 간 도로우는 그 이상의 것을 바랐다. 에머슨의 소개로 그는 곧 뉴욕 시의 객원 편집자로 필자가 될 수 있었다. 그것은 도로우 자신도 원했고 친구들도 그가 알게 되기를 바랐던 본격적인 문학 세계였다.

도로우는 이내 뉴욕에 대한 자신의 견해를 확립하였다. 뉴욕은 콩코드가 아니었다. 그곳은 좋은 장소가 못 되었다. "도시는 보면 볼수록 좋아지기는 커녕 갈수록 나쁘게만 보인다."고 1843년 6월 8일자로 에머슨에게 보낸 편지에다 썼다. "도시야말로 사람이 증오할 만한 것입니다. 나에게는 그것이 도시의 운명인 것 같습니다. 도시에 살고 있는 훌륭한 사람들도 도시의 한 부분일 뿐이며 도시에 대해서는 말로만 걱정할 따름입니다…… 언제쯤이나 이 세계는 수백만의 사람이 한 사람보다 훨씬 더 중요하지 않다는 사실을 배우게 될는지요?"

그 큰 도시에서 외톨이가 된 도로우는 자신의 글을 통하여 더욱더 화를 내게 되었던 것 같다. 그는 자신의 상처받은 감정을 오히려 즐겨 나타냈다. 그럼에도 불구하고 도로우는 바로 여기서 나중에 그를 유명하게 한 하나의 원리, 즉 중요한 것은 무리가 아니라 한 인간이라는 원리를 개진하였다.

에머슨이 그를 위하여 마련해 준 모임도 별다른 결과를 그에게 안겨주지 못했다. 1843년 1월에, 「더 다이얼」이 아닌 지면에 그의 글이 처음으로 활자화되었다. 「보스턴 잡록」이라는 잡지에 에세이 한 편을 실었던 것이다. 에머슨이 원고료의 지불을 요구했지만 끝내 원고료는 지불되지 않았다. 에머슨은 도로우가 문화회관에서 강의를 하고 또 원고를 써서 출판하게 된다면 상당한 성공을 거둘 수 있을 것이라고 생각했다.

도로우는 그대로 해보았다. 8월에 그는 어머니에게 보낸 편지에서 잡지들이 너무 가난해서 신통한 결과를 기대할 수 없다고 썼다. 책방마다 찾아다니고 여러 출판인들을 만났지만 그 모든 노력이 수포로 돌아갔다. 대부분의 잡지들이 원고료를 지불하려고 하지 않았다. 「숙녀의 벗」이라는 잡지가 고료를 지불했지만 그 잡지에 맞는 글은 도무지 쓸 수가 없었다.

그것이 도로우였다. 그는 어떤 주어진 제목에 맞는 글을 쓸 수 없는 사람이었다. 다만 자기가 진리라고 믿는 것만을 쓸 수 있는 까다로운 필자였다. 공중(公衆)의 요구 사항을 잘 채워 주는 필자에게는 언제나 시장이 있는 법이다. 그러나 자기의 세계만을 얘기할 수 있고 또 그것을 고집하는 도로우 같은 필자들에게는 시장이 별로 없게 마련이다.

「뉴욕 트리뷴」의 편집자 호레이스 그릴리는 자기의 글을 팔고자 하는 이 젊은이를 도와주고 싶었다. 그릴리는 초월주의에 흥미가 있었다. 그는 「더 다이얼」의 애독자였다. 도로우가 그 잡지 편집 일을 한 적이 있으며 거기에 자신의 글을 발표하기도 했음을 잘 알고 있었다.

그릴리는 신문과 잡지에 대한 신념이 굳은 사람이었다. 만일 에머슨이 "일반 독자가 그의 존재를 알 수 있도록" 여러 잡지에 글을 썼다면 두 배는 더 유명해졌을 것이라고 도로우에게 말하기도 했다. 도로우를 위해서 그는, 도로우의 원고를 자기가 팔아주겠다고 했다.

마침내 토마스 칼라일에 대한 도로우의 글을 「그레이엄 매거진」에 75불을 받고 팔았다. 또 에머슨과 호돈에 관한 글을 쓰면 각 편마다 25불을 받아 주겠다고 했다. 그러나 도로우는 친구들에 관한 글을 쓰려고 하지 않았다. 나중에 그릴리는 메인 주의 숲에 관해 쓴 도로우의 에세이 한 편에 25불을 주었다. 그런 후에 그릴리는 그 원고를 다른 출판인에게도 팔려고 했다.

콩코드에서 온 젊은 필자를 도와주려고 여러모로 애를 쓴 호레이스 그릴리는 아마도 당시의 가장 위대한 편집인이었을 것이다. 그는 글을 쓰는 일에 관해서는 모르는 것이 없었다. 그러나 그는 팔기 위해서 글을 쓰다보면 정직하지 못한 필자가 될 수 있다는 사실을 잘 알고 있었다.

도로우는 에머슨이나 그릴리 그리고 자신의 노력이 별다른 성과를 거두지 못한 데 대하여 가슴이 아팠다. 그도 역시 다른 많은 젊은이들처럼 성공하고 싶어 했다. 대부분의 젊은이들과 마찬가지로 일찍이 빠르게 성공하기를 바랐다. 그는 더불어 살아가는 사람들에게 자신이 별로 쓸모가 없는 존재같이 생각된다고 에머슨에게 호소했다.

그해가 끝나갈 무렵, 도로우는 콩코드로 돌아왔는데, 에머슨의 집으로는 가지 않고 자기 집으로 갔다. 이번에는 자기 집에 머물기로 했다. 그 다음부터 죽을 때까지 그는 콩코드를 멀리 떠나본 일이 없었다. 그는 좀 더 큰 세상을 구경했지만 그것을 좋아하지 않았고 세상 또한 그를 좋아하지 않았다. 그는 자신에 대한 에머슨의 기대를 이루어 보려고 노력했지만 그러나 그의 재능이라는 것이 돈으로 계산하기에는 별로 값나가는 게 못되는 듯했다. 아마도 이것이 도로우의 생애에서 두 번째로 중요한 사건이었을 것이다.

도로우는 이제 자신이 더 이상 기성화된 일에 매달려서는 안 되겠다는 사실을 깨닫기에 이르렀다. 대학에 다닐 때 그는 공부하고 글을 쓸 수 있는 작은 독방이 있으면 좋겠다고 했었다. 이제 자기 손으로 그 방을 마련하기로 했다.

어느 날 일기에, 만일 다른 대부분의 사람들이 그렇게 하듯이 오전과 오후를 사회에 바친다면 자기에게는 도대체 추구할 가치 있는 삶이란 것이 없으리라고 썼다. 그는 1년 52주에서 6주 만을 자신의 생존을 위해 일하리라고 결심했다. 그에게 필요한 것은 아주 적었고 모두 단순한 것들이었다. 그는 그것들을 좀 더 줄이고 더욱 간단하게 만들 참이었다. 그에게는 대부분의 사람들이 갖고 싶어 하는 큰 저택과 유행에 맞는 의복이 도무지 필요하지 않았다. 그 대신 그는 자유를 즐기고자 했다. 어떤 사무실이나 공장 또는 직장의 노예가 될 수는 없는 일이었다. 신선한 공기를 마시며 일하고 튼튼한 두 다리로 걷고 자기가 좋아하는 몇 가지 일거리로 만족하면 되는 것이었다.

1년쯤 외지에 나가 있다가 집에 돌아와 아버지와 함께 연필을 만드는 것이 도로우로서는 하나의 휴식인 셈이었다. 하버드의 도서관에서 어떤 책을 읽다가 독일제 연필은 바바리아에서 발견되는 어떤 흙을 흑연에 섞음으로써 질을 높였다는 사실을 알아낸 도로우는 바바리아의 흙을 주문해다가 연필심에 섞었다. 그렇게 함으로써 보다

강하고 보다 진한 연필을 만들 수 있게 되었다. 그들은 이 제조 방법을 가업 비법으로 삼았다.

이내 도로우가(家)는 나라에서 가장 단단하고 검은 연필심을 만들어 내게 되었다. 도로우는 곧이어 얇은 나무에 구멍 뚫는 기계와 흑연을 구멍에 맞추어 절단하는 기계를 만들어냈다. 두 조각의 나무을 흑연막대에 붙여서 만드는 일반적인 연필 제조 공법에서 진일보한 공법을 발명했던 것이다.

에머슨은 도로우네 연필이 런던의 최고급 제품과 비교하여 조금도 손색이 없다고 했다. 한 자루에 25센트로서 값은 약간 비싼 편이었지만 보스턴의 한 예술가는 언제나 학생들을 시켜 도로우가(家)의 연필을 사갔다. 그만큼 질이 뛰어났다.

몇 년 뒤 도로우는 연필심을 더욱 검게 만들어 내는 방법을 개발해냈다. 그 뒤로 도로우가(家)에서는 연필보다 연필심을 더 많이 생산해냈다. 아버지가 연로하여 1859년에 사망하자 도로우는 가업을 잇게 되었다.

이 단순한 수공업은 도로우의 정신을 편안하게 해주었고 뉴욕에서 겪었던 숱한 곤경을 잊을 수 있게끔 했다. 그러나 그것으로써 언제까지나 만족할 도로우는 아니었다. 그는 이른바 성공적인 사업의 노예가 되고 싶지 않았던 것이다. 그는 대부분의 사람들이 조용한 체념 속에서 살고 있는 것을 보았다. 그렇게는 살 수 없었다.

1845년 말, 도로우는 에머슨에게 얼마간의 땅을 빌고 올코트한테서는 도끼를 빌어 위대한 인생의 모험을 시작하였다.

7.
죄명은 '시민 불복종'

도로우는 올코트의 도끼로, 월든 호수 북서쪽 가장자리에 방 한 칸짜리 집을 세우기 위해 나무를 잘랐다. 월든은 콩코드에서 얼마 떨어지지 않은 곳에 있었고 도로우는 1마일을 가야 가장 가까운 이웃을 만날 수 있게 되었다.

그 누구도 도로우가 자기 저서인 「월든」(Walden)에서 묘사한 것만큼 자기가 무엇을, 왜, 어떻게 했으며 그 결과가 어떠했는지를 정확하게 기록한 사람은 없었다. 월든 호수의 가장자리를 할머니의 마차에 타고 달리던 것이 도로우가 기억할 수 있는 가장 오랜 기억 중의 하나였다. 그때 이미 그는 그곳이 사람이 살 만한 장소라고 생각했었다. 1845년, 그는 홀로 살면서 오로지 '개인적인 사업'에 몰두하기 위하여 그리로 갔다. 그 사업이란 첫 번째 책을 편집하는 것이었다.

도로우는 손수 집을 지었다. 집의 벽에 붙일 목재는 일찍이 그런 목적으로 사 두었던 한 철도 노동자의 집에서 뜯어왔다. 친구들이 벽돌 쌓는 일을 도와주었다. 지붕 씌우기와 안쪽 벽 쌓는 일은 혼자서 했다. 총액 28달러 12.5센트가 그 작은 집을 짓는 데 소요되었다. 1845년 7월 4일에 입주하여 2년 2개월간을 살았다.

한 사람이 살기에는 넉넉하게 큰 집이었다. 도로우가 바라던 꼭 그만한 크기였다. 손수 만들거나 남한테서 얻어온 가구로 방을 꾸몄는데 책상 하나, 침대 하나, 그리고 식탁과 작은 의자 세 개가 전부였다. 거기다가 칼라 접시, 숟가락 그리고 기름등잔도 마련했다.

얼마간의 돈을 벌기 위해 도로우는 집 근처의 모래밭에 콩과 기타 남새를 심었다. 아침 다섯 시부터 정오까지는 뜰에서 일을 했다. 일을 하는 동안 그는 자기가 원하는 것들에 대하여 생각했다. 콩을 싫어했기 때문에 추수한 콩을 팔아 자기가 좋아하는 쌀을 사서 먹었다. 그는 자기가 콩코드에서 가장 독립적인 농부라고 말했다. 그에게는 큰 저택과 창고와 넓은 토지를 꾸려나가야 할 책임이 없었다. 가고 싶을 때 가고, 오고 싶을 때 오고, 자기가 원하는 일을 원하는 시간에 했다. 그는 자유였다. 게다가 그는 흐르는 세월과 함께 호수를 바라보고 호수의 소리와 침묵을 듣는 것 이외는 다른 아무 일도 할 게 없었다.

도로우가 자기 집을 손수 지은 것은 누구의 방해도 받지 않고 자기 일을 하고 싶어서였다. 그러나 그에게는 숲속으로 들어간 더 깊은 목적이 있었다. 「월든」에서 그는, 자기가 그렇게 살기로 한 것은 살아가는 데 필요한 최소한의 물건만 가지고 살고 싶어서였다고 했다. 그는 사람의 삶이 가르치는 것을 배우고 싶어 했고, 죽어가는 마당에 이르러 자기가 살아온 것이 참된 삶이 아니었다는 사실을 발견하는 슬픔을 경험하지 않기를 바랐다. 도로우는 참된 삶이 아닌 삶을 살고 싶지 않다고 말했다. 그런 삶을 살기에는 인생이 너무나도 값지다는 것이었다. 그는 가장 간단하게 살아감으로써 인간의 삶이 무엇인지를 알고 싶어 했다. 그런 다음 인생이란 것이 별로 살 만한 가치가 없는 것임이 입증된다면 그것을 세상에 선포할 참이었다. 만일 그것이 가치 있는 것이라면 이번 경험으로 알 수 있게 될 것이고 정직하게 그것을 밝힐 수 있을 것이었다.

도로우가 월든에 사는 동안 두문불출한 채 아무도 만나지 않고 혼자서만 지낸 것은 아니었다. 그는 거의 매일 집에 갔다. 가끔 어머니의 부엌에서 파이나 다른 과자들을 가지고 와서 먹거나 낚시 미끼로 사용하기도 했다. 가끔 집에서 저녁을 보내거나 다른 친구들과 시간을 보냈다.

때로 마을 사람들이 도로우를 보러 월든 호수로 가기도 했다. 의자를 바깥에 내어놓으면 친구들은 그가 집 안에 있으며 방문자들을 환영한다는 의사 표시로 알았다. 빌려줄 때보다 더 날카로워진 도끼를 돌려받은 올코트가 그를 방문했다. 도로우는 그를 좋아했다. 그는 올코트가 위대한 신앙인이고 그 어떤 시련에도 좌절을 모르는 사람이라고 생각했다. 도로우는 언제나 인간의 진보를 희망하는 올코트야말로 진정한 친구가 될 수 있는 사람이라도 믿었다.

도로우를 만나러 월든까지 먼 길을 온 친구가 또 하나 있었다. 엘러리 챠닝이었다. 도로우는 그 무엇도 한 시인을 멈추게 할 수 없으니 그것은 시인이란 순수한 사랑에 이끌림 받는 사람이기 때문이라고 생각했다. 챠닝과 그가 함께 있거나 혹은 올코트라도 합세하는 날이면 작은 집이 웃음바다가 되고 이야기꽃을 피우곤 했다.

보다 덜 초월적인 방문객들도 있었다. 그들 가운데 하나는 벌목꾼이었다. 그는 제대로 교육받지는 못했지만 숲에 대해서는 거의 모르는 게 없었다. 도로우는 그를 매우 존경했고 그의 방문을 몹시 기뻐했다. 간혹 지나가던 여행자가 그의 집에 들러 마실 물을 청하기도 했다. 도로우는 자기가 마시는 호수 물을 가리키며 컵을 빌려 주었다.

여러 사람이 그에게 숲에서 외롭지 않느냐고 물었다. 그 때마다 도로우의 대답은 한결같았다. 두 사람의 마음을 가깝게 해주는 것은 결코 두 다리가 아니더라는 것이었다. 에머슨과 마찬가지로 그도, 사람이란 혼자 있을 때보다 여럿이 함께 있을 때 더 외로울 수 있다는 사실을 알고 있었다.

도로우처럼 많은 친구가 있는 사람만이 친구와의 사귐이 별로 중요하지 않은 듯이 행동할 수 있을 것이다. 그는 콩잎이나 파리 한 마리, 개울 혹은 북극성 못지않게 온전히 홀로 있을 수가 있었다.

도로우는 월든에서 생활을 즐겼다. 아침 일찍 일어나면 호수의 차가운 물에 목욕을 했다. 그리고는 마을 사람들이 아직 일어나기도 전에 가구를 죄다 바깥으로 내놓은 다음 바닥을 물과 모래로 깨끗이 청소하였다. 밤중에 멀리서 들리는 기차의 기적소리라든가 다리 위를 지나가는 마차의 바퀴소리 듣는 것을 그는 무척 좋아했다. 밤중이면 짐승의 울음소리가 들렸고 겨울에는 호수의 얼음이 깨어지는 소리가 들렸다.

때로는 너무나도 행복하여 뭐라고 표현할 수 없을 지경이었다. 어느 날 저녁에는 '온몸이 하나의 감각인 듯한' 느낌이 들 정도로 황홀하기도 했다. 아침은 언제나 상쾌했다. 어떤 때는 여름의 아침해가 떠서 정오가 되기까지 문 밖의 의자에 앉아 숲속의 새들이 노래하는 소리를 듣기도 했다. 그는 밤중에 콩이 자라듯 이런 때에 자신이 자라나는 것을 느낀다고 말했다.

그는 자주 읽고 쓰는 자신의 일에 몰두하였다. 자신의 좁다란 오두막이 대학보다 더 생각하기에 좋은 장소임을 깨달았다. 그는 고대 희랍과 로마의 문학을 많이 읽었다. 시도 많이 읽었다. 그러나 그는 당시의 소설을 좋아하지 않았다. 그런 소설들은 그에게 최고의 글을 쓰겠다는 충동을 주지 못한다는 것이었다. 그는 언제나 최고의 글을 쓰고자 했다.

이미 「더 다이얼」에 실렸던 글들과 일기에 적어 놓은 것들 그리고 독서에서 얻은 생각들을 토대로 하여 그는 1839년 형인 존과 함께 여행했던 이야기를 전부 쓰고 싶었다. 『콩코드 강과 메리맥 강에서 보낸 한 주간』이라는 제목이 붙은 이 책은 월든에서 천천히 집필되었다. 그는 이 책으로 자기가 진정한 작가임을 증명하겠다고 생각했다. 글을 쓰는 동안 한시도 이 생각을 버리지 않았다. 겨울을 나기 위해 나무를 하거나 낚시질을 할 때에도 책에 대하여 생각했다.

그의 작업은 요리를 하거나 청소를 할 때, 혹은 방문객을 맞거나 남을 방문할 때에만 잠시 중단되었다. 때로는 작은 벌레들이 열심히 일하는 모습을 들여다보거나 인부들이 호수의 얼음 깨는 광경을 내다보느라고 작업이 중단되기도 했다.

그러던 어느 날 도로우의 월든 생활 전체에 버금할 만큼 유명해진 사건이 하나 터지며 그의 작업은 중단되었다.

1846년 7월 어느 날 오후 도로우는 수선하라고 맡겨 두었던 구두를 찾기 위해 마을로 내려갔다. 그런데 콩코드에 들어서자마자 그는 세금을 내지 않았다는 이유로 체포되어 감옥에 갇혔다. 지난 6년 동안 그는 한 푼의 세금도 내지 않았고 지금도 세금 내기를 거절하고 있었던 것이다. 그를 투옥시킨 관리는 도로우에게 돈이 없음을 알고 있었으므로 자기가 세금을 내주겠다고 제의했다. 그런데 그게 아니었다. 도로우는 노예제도를 합법적으로 허용하고 있는 정부에 세금 내기를 거부했던 것이다. 노예제도를 끝장 낸 남북전쟁은 그로부터 15년 뒤에 일어났다.

관리는 도로우의 세금을 내주는 대신 탈옥을 방지하기 위하여 그의 구두를 치워 두고 감옥 문을 채워 버렸다. 체포될 때 화를 내었던 도로우는 이튿날 아침 누군가가 자기 대신 세금을 물었다는 사실을 알고 더욱 더 화를 냈다. 그가 누군지는 지금도 확실하게 말할 수 없다.

얼굴을 가린 한 부인이 급히 감옥으로 가는 것을 보았다는 사람이 있는 것으로 보아 그의 이모나 고모 가운데 누구였을 것이다.

그날 오후에 도로우는 풀려났다. 그는 말없이 잡히기 전에 하던 일을 계속하였다. 먼저 구두 가게로 갔다. 그런 후에 계획했던 대로, 열매를 줍기 위하여 사람들을 데리고 숲으로 갔다.

2년 뒤 콩코드 문화회관의 연설에서 그는 이 사건에 대하여 말했다. 강연의 제목을 ''시민 불복종''(Civil disobedience)이라고 했다.

월든에서 도로우는 마음껏 야생(野生)의 자연을 보살폈다. 그는 끊임없이 최고의 아름다움과 진실을 추구하였다. 여러 차례 그의 경험을 시로 표현해 보았다. 그는 매일의 생활에서 얻은 감동과 고마움을 아침 하늘과 저녁 하늘을 물감으로 칠하기 어려운 것처럼 설명하기 어렵고 별에서 떨어지는 먼지를 잡을 수 없는 것처럼 불가능한 일이라고 말했다.

도로우는 왜 숲을 떠났는지에 대하여 분명히 말한 적이 없었다. 5년 뒤 그때의 모험을 회상하는 어떤 글에서 "아마도 나는 변화를 바랐던 것 같다."고 했다. 어쩌면 그에게는 몇 가지 더 시도해 볼 만한 삶의 모습이 머릿속에 있었던 것 같다. 어쨌든 그는 인생에 관한 한 가지 사실을 확인할 수 있었다. 그것은 누구든지 자기가 희망하는 쪽으로 나아가면 기대했던 것보다 더 많은 것을 이루게 된다는 사실이었다.

도로우는 1847년 9월 6일 월든 호수를 떠나 콩코드에 있는 아버지 집으로 돌아왔다. 그는 자기가 목적했던 것을 다 이루었다. 『콩코드 강과 메리맥 강에서 보낸 한 주간』이 거의 탈고 상태에 있었던 것이다.

8.
콩고드의 어느 실패한 저자

　도로우의 책은 콩코드의 친구들 사이에 이미 잘 알려져 있었다. 1846년 7월 16일자 편지에서 에머슨은 도로우가 어느 날 오후 자기 책의 한 부분을 읽어 주었는데 기분이 매우 좋았다고 썼다. 그는 그 책이 빨리 출판되기를 바랐다. 올코트도 젊은 친구의 작업에 대하여 기뻐했다.

　언제나와 마찬가지로 이번에도 에머슨은 도로우를 도와주려고 했다. 1847년 초, 그는 뉴욕의 한 편집인에게 도로우의 책에 대해서 편지를 썼다. 책을 출판해 줄 사람을 찾아 연락을 주면 곧 원고를 보내겠다는 내용이었다. 답장이 없자 에머슨은 뉴욕의 다른 출판업자들에게 편지를 보냈다. 역시 대답은 안 되겠다는 것이었다. 보스턴에 있는 출판업자들도 모두 같은 대답이었다.

　도로우는 언젠가 뉴욕에서 경험했던, 출판 사업에 대한 쓴 맛을 다시 보게 되었다. 그는 자기 책에 대하여 자신이 있었으므로 슬픔이 더 컸다. 그는 어떤 책의 문학적 가치라는 것이 출판업자들이 그 책을 받아 주는 것과는 아무런 상관이 없다는 사실을 깨달았다. 알려지지도 않은 사람의 이상한 책이 그들에게는 성공을 보장해 줄 것 같지 않았던 것이다. 그들은 모두 거절하면서도 만일 저자가 자비로 출판한다면 기꺼이 내주겠다고들 했다.

그때 에머슨이 유럽에서 강연을 하고 있었으므로 도로우는 1년간 에머슨의 집을 지키며 살고 있었다. 도로우는 자기 책이 자비로 출판할 만큼 훌륭한 책이라고는 생각하지 않았다. 그래서 될 대로 되라는 식으로 내버려 두었다.

에머슨은 도로우가 그렇게 좌절하는 것을 두고만 볼 수 없었다. 도로우에게 「한 주간」의 출판을 더 이상 연기해선 안 된다는 편지를 보냈다. 그는 도로우가 자비로 출판해도 결코 금전적인 손해를 보지 않을 것이라고 확신했다. 미국뿐만 아니라 영국에도 많은 독자가 있을 것이라고 생각했다.

호레이스 그릴리도 도로우가 출판하기를 권했다. 도로우가 저자로서 이름을 세상에 알리기 전에는 편집자들이 거들떠보지도 않을 것이라고 말했다. 그릴리는 언젠가 도로우의 에세이 한 편을 잡지에 싣도록 주선해 준 적이 있었다.

친구들의 권유를 따르는 대신 도로우는 계속 「한 주간」의 원고를 써나갔다. 1848년 1월, 그는 방금 써서 그 책의 제 3장에 첨부시킨, 우정에 관한 에세이 한 편을 올코트에게 읽어 주었다.

솔직히 말해 그에게는 책을 출판할 돈이 없었고, 빚을 지게 되는 것도 두려운 일의 하나였다. 그러나 결국 다른 방도가 없었으므로 그는 자신이 비용을 드려 책을 출판하기로 결정했다. 보스턴의 출판업자 제임스 먼로와, 저자의 자비로 「한 주간」을 출판할 것을 약속하였다.

1848년 마지막 날을 앞두고 첫 교정지가 나왔다. 도로우는 조심스럽게 훑어보고 교정지에 수천 개의 정정 표시를 했다. 1849년 5월 22일, 에머슨은 한 친구에게 도로우의 책이 곧 출판될 것이라는 편지를 보냈다. 드디어 「한 주간」이 세상에 나오게 되었다. 1849년 5월 30일이었다.

도로우는 첫 번째 책을 보고 기쁨을 감출 수 없었다. 「한 주간」은 갈색 표지로 된 작은 책이었다. 겉표지에는 꽃 한 송이가 그려져 있었다. 그 1달러 25센트짜리 작은 책에 그때까지의 헨리 데이빗 도로우가 몽땅 들어 있었다. 강, 숲, 들에 대한 그의 사랑과 그를 번민에 빠뜨렸던 형 존에 대한 사랑, 그리고 희랍 문학과 시에 대한 그의 사랑이 작은 책에 넘쳐흐르고 있었다. 존과 함께 했던 항해 이야기도 담겨 있었다. 또한 「더 다이얼」에 발표했던 시들과 문화회관에서 한 강의 내용, 그리고 일기장에서 뽑은 글들도 들어 있었다.

책은 '콩코드 강'에 대하여 쓴 머리글과 일곱 개 장(章)으로 나뉘어져 있는데 존과 여행을 함께 떠났던 1839년 8월 31일 토요일부터 시작하여 하루에 한 장씩 배당되었다. 그날에 그들은 콩코드 강에 배를 띄우고 여행을 출발했던 것이다.

「한 주간」은 확실히 다양한 형식의 글이 포함되어 있는 재미있는 책이다. 그 책에서 도로우는 자기가 본 것을 그대로 그리고 있다. 그는 또한 그들의 여행에 관하여 이야기를 들려주고 있다. 그리고 백여 가지의 다른 주제들에 대한 자신의 생각을 밝혔다.

잘 짜진 책은 아니었다. 일정한 형식 아래 체계 있게 편집되지도 않았다. 아마도 도로우 자신이 그렇게 조직적이지 못한 사람이었기 때문이었을지도 모른다. 그는 자기 자신을 있는 그대로 세상에 보여주려고 했다. 다른 사람들이 자신의 생각하고 글 쓸 수 있는 능력을 인정해 주기를 바랐다. 존에 대한 추억을 통하여 뭔가 자신의 생각과 감정을 나타내보려고 했다. 이런 목적으로 글을 쓰면서 자르거나 다듬지 않았다. 모든 것을 다 포함시켰다. 결국 전체적으로가 아니라 부분적으로 굉장한 내용을 담고 있는 그런 책이 되었다. 확실히 훌륭하다고 밖에는 볼 수가 없는 글들이 여기저기 들어 있었다. 몇몇 시들과 평론들이 그 속에 포함되어 있었다.

바람이 불거나 잔잔하거나 도로우와 그의 형은 배를 타고 항해를 계속했다. 그들은 강변의 마을과 도로우가 그토록 사랑한 산골짜기를 빠짐없이 들렀다. 밤이 되면 강변에 천막을 치고 잠을 잤다. 저녁 요리는 천막 안에다가 작은 불을 지피고 해 먹었다. 낮이 되면 강을 오르내리는 커다란 상선에 탄 사람들과 이야기를 나누었다. 그들은 농부들, 배를 건조하는 사람들 그리고 둑에서 일하는 노동자들을 바라보았다.

몇 가지 필요한 것을 보충하기 위해서 마을이나 농장을 찾기도 했다. 작은 섬을 지나칠 때도 있었는데 도로우는 그 섬에서 살고 싶다는 생각을 품곤 했다. 한번은 양떼가 그들을 보고 언덕 아래로 달려 내려왔다. 또 비를 피하기 위하여 곡식밭에 누워 있기도 했는데 도로우에게는 그것이 잊지 못할 즐거운 경험이었다.

형제는 여러 가지 대화를 나누었는데 그 내용을 도로우는 기록해 두지 않았다. 존에 대해서는 항해의 동료로서만 기록하고 있다. 그들이 머스키타귀드라는 이름으로 불렀던 그 작은 배를 타고 여행하는 동안 평화롭기 그지없는 정경이 연속되었지만 도로우는 그 이야기를 아직 조금만 책에 담았을 뿐이다. 도로우는 어디로 가서 무엇을 했는지에 대하여 이야기를 하다가 금방 우정이나 종교, 책, 시, 저술 등에 대한 에세이로 옮겨갔다. 그러다가 물고기에 대한 이야기라든가 인디언에 대한 옛이야기 혹은 그들이 스쳐 지나가고 있는 마을이나 도시의 역사에 대한 이야기를 전개시켜 나갔다.

그런가 하면 책의 여기저기에 도로우 특유의 유모어를 담았으면서도 내용은 진지한 글들이 발견된다. "나는 이 세계의 기초가 어떻게 놓여져 있는지를 보았다. 그것이 한동안은 지탱해줄 것임을 나는 조금도 의심치 않는다."

에머슨, 호돈, 올코트 등 도로우의 친구들은 「한 주간」을 읽으면서 그들이 잘 알고 있는 저자의 마음과 모습을 선명하게 읽을 수 있었다. 저자를 모르는 독자가 「한 주간」의 모험담이나 혹은 한 가지 생각을 전개시킨 에세이를 기대하면서 그 책을 펼치면 어리둥절하지 않을 수 없었을 것이다.

　에머슨도 그것을 알고 있었을 것이다. 확실히 그는 출판계의 실정을 잘 알고 있었다. 그는 책이 출판된 뒤에도 도로우를 돕기 위해 백방으로 애를 썼다. 어쨌든 「한 주간」이 대중의 주목을 끌게 된 것은 중요한 일이었다.

　데어도어 파커는 에머슨에게 자기의 잡지인 계간 「매사추세츠 리뷰」에 도로우의 책에 대한 의견을 써 달라고 부탁하였다. 에머슨은 자기가 저자와 가까운 사이라는 사실이 널리 알려져 있다는 이유로 거절했다. 그는 누군가 다른 사람에게 서평을 부탁해 보도록 권고했다. 그리고 몇몇 유명한 평론가들을 천거했다. 그러나 파커는 에머슨이 추천한 사람들을 외면하고 제임스 러셀 로우웰에게 「한 주간」의 평을 부탁했다.

　유명한 시인이며 수필가였던 로우웰은 전부터 도로우에 대한 혹독한 비평을 하던 사람이었다. 「비평가들을 위한 옛날 애기」라는 제목의 장편 시에서 도로우와 챠닝을 깎아내린 적도 있었다.

　「한 주간」에 대한 로우웰의 비평은 1849년 12월 계간 「매사추세츠리뷰」에 게재되었다. 책에 대한 그의 견해는 호의적이지 못했다. 도로우의 시에 담겨져 있는 몇 가지 결점을 지적하면서 도로우가 지나치게 자신의 생각을 과시한다고 농담조로 썼다. 그러나 책 전체를 놓고 볼 때 저자의 독특한 문체가 돋보인다는 칭찬을 덧붙이기도 했다.

　「더 다이알」에서 도로우와 함께 일한 적도 있는 조지 리플리는 책을 전혀 좋아하지 않았다. 당시 리플리는 호세이스 그릴리의 신문에 글을 쓰고 있었다. 다른 많은 초월주의자 작가들처럼 리플리 역시 전직 목사였다. 그는 도로우의 책에 대한 비평에서 도로우의 기독교 신앙이 부족함을 비난했다. 당시로서는 심각한 질책이었다.

『콩코드 강과 메리맥 강에서 보낸 한 주간』은 저자가 그토록 큰 기대를 걸었음에도 불구하고 실패작이었다. 도로우는 존과의 항해 이야기를 온 세상에 들려주고 싶었다. 태양이 수면 위에서 춤을 추는 월든 호수에서 평화스런 날들에 느꼈던 감정과 생각들을 세상 사람들과 나누고 싶었다. 그의 콩코드 친구들은 재미있어 했지만 그러나 세계는 그의 이야기에 관심이 없었다.

4년 동안 2백 94권이 책방에 나갔는데 그중 75권은 기증본이었다. 1853년 10월 28일 제임스 먼로는 남은 706권을 도로우에게 보냈다. 그날 밤 도로우는 일기장에 이렇게 썼다. "지금 내 서재에는 9백여 권 장서가 있다. 그 가운데 7백여 권은 내가 쓴 책이다." 그리고 계속하여 이렇게 썼다. "오늘밤 전에 맛보지 못했던 만족감과 함께 펜을 들어 나의 생각과 경험을 기록하는 바이다." 그는 수천 명의 독자가 그의 책을 사서 읽은 것보다는 출판에 실패한 것이 오히려 자신에게 더 좋았다고 썼다. 왜냐하면 자신으로서 좀 더 자유롭게 되었기 때문이라는 것이었다.

이것은 과연 용감한 말이다. 그러나 도로우는 사실상 곤경에 처해 있었다. 희망이 무너진 것도 견디기 힘든 일이었지만 남에게 빚을 지게 된 것은 더욱 견디기 힘든 일이었다.

에머슨이 유럽에서 돌아오자 도로우는 다시 자기 가족한테로 갔다. 아버지를 도와 연필을 만들기도 하고 정원사로 일하며 돈을 벌기도 했다. 먼로에게 진 빚을 갚기 위해서는 더 많은 돈이 있어야 했다. 전에 땅을 재어 경계선을 긋는 측량 기술을 배운 적이 있었는데 그때 쓰던 측량 도구가 남아 있어서 도로우는 다시 측량 기사 일을 시작했다. 측량 일을 하면서 그는 자연의 신비나 시(詩)에 대하여 쏟던 정열 못지않은 정열을 정확한 숫자 계산에 쏟았다.

먼로의 빚을 모두 갚는 데는 4년이라는 세월이 필요했다. 그때까지 출판사에 갚은 돈은 2백 90달러였다. 다른 1백 달러를 갚기 위하여 그는 1천 달러 어치의 연필을 만들어 제작비도 못되는 값으로 팔아야만 했다.

그 고생은 말로 다 설명할 수 없는 것이었지만 그러나 도로우는 조금도 내색하지 않았다. 그는 마을의 정원사요 수선공이요 측량 기사에다가 실패한 작가요 문화회관의 연사였다. 그러나 그는 여전히 헨리 도로우였다.

도로우는 그 무렵 자신(自信)을 잃지 않고 자부심을 지키기 위하여 상당히 애를 써야만 했다. 그의 측량술은 정밀하기로 정평이 났고 그가 돌본 정원의 과실수들은 충실한 열매를 맺었다.

자부심은 그로 하여금 통명스럽게 말하고 행동하게 하였다. 낮에 산책을 할 때면 피곤한 자신이나 동행인에 대하여 무자비할 만큼 콩코드의 넓은 들판을 횡단하여 걸었다. 마을 사람들이 너나없이 자기를 '도로우' 혹은 '헨리' 혹은 '미스터 도로우' 라고 부른다고 일기장에 쓰면서 약간의 분통과 슬픔을 표시하기도 했다. 그는 자기가 마을에서 가장 보잘 것 없는 존재요 '가장 낮고 값싼' 사람이라고 말했다.

도로우는 자기에게 이웃 사람들보다 훌륭한 점이 있다고는 생각하지 않았다. 그러나 그는 자기 자신은 물론 어떤 다른 개인도 군중(群衆)보다 우월하고 그들을 다스리는 정부보다 더 우월하다고 생각했다.

그는 이 신념을 많은 사람에게 알렸다. 문화회관에서 한 강연이 큰 도움이 되었다. 도로우는 하버드를 졸업하던 해에 문화회관에서 '사회'라는 제목으로 첫 강연을 했다. 그 뒤 거의 해마다 문화회관 강연을 했다. 1848년에는 전에 투옥되었던 경험을 이야기하면서 개인과 정부의 올바른 관계에 대한 자신의 생각을 피력하였다. 그는 자신이 동의하지 않은 원리나 정책을 실현하는 정부에 복종할 의무가 없다고 주장했다. 개인은 옳지 못한 법에 불복종할 도덕적 권리가 있다고 말했다. 도로우는 훌륭한 정부란 적게 다스리는 정부라는 신념을 지니고 있었다. 그는 이 생각을 발전시켜 나갔다. 그리하여 가장 훌륭한 정부는 아무것도 다스리지 않는 정부라고 생각했다. 사람들이 그런 정부를 가지게 될 것이라고 그는 믿었다.

도로우는 지금의 미국 정부에 대하여 어떤 행동을 해야 마땅하겠느냐고 청중에게 물었다. 그리고 자기는 정부에 동조할 수 없다는 말로 대답했다. 그는 노예제도를 허용하는 정부를 인정할 수 없었다.

도로우는 자신의 시민 불복종을 이렇게 선언하였다. "나는 강제받기 위하여 태어나지 않았다. 나는 내 방식으로 숨을 쉬겠다. 누가가장 강한지를 보자 ……나보다 더 높은 법을 준수하는 자들만이 나에게 무엇을 강요할 수 있다." 자기가 옳지 못하다고 생각하는 법에불복하는 것이 인간의 의무며 그런 불복종은 힘을 발휘할 것이라고,도로우는 말했다. 자신이 옳다고 확신하는 소수의 사람이 불복종한다면 그 행위가 많은 사람들의 생각과 행동에 영향을 미치게 될 것이라고 그는 믿었다.

도로우의 ''시민 불복종'(Civil disobedience)이 처음 인쇄되어나온 것은 1849년의 일이었다. 간디가 그 복사판을 읽은 것은 1907년이었다. 그 에세이는 부당한 법에 복종하지 않겠다는 간디의 도덕적 결단에 큰 영향을 미쳤다. 간디는 도로우의 에세이를 '인디언 오피니언'에 재수록하였다. 인도 전역의 독자들이 그것을 읽었다.1931년 인도의 독립에 관해 영국의 지도자들과 협상하러 런던에 갔을 때 간디는 도로우의 '시민 불복종'을 지니고 갔다.

도로우가 그랬듯이 간디도 감옥이 자기를 두려워하게 만들지는못한다고 말했다. 실제로 감옥에 있는 동안 그는 그것을 고통으로여기지 않았다. 그는 인간에게 불복종의 권리가 있다는 도로우의 신념을 재천명하였다. 영국에서는 국왕 조지 5세의 손님으로 대접받았지만 인도에 돌아오자마자 간디는 민중에게 정부에 불복종하라고선동했다 하여 감옥에 갇혔다.

간디는 비폭력이란 수단으로 인도의 독립을 계획한 사람으로 알려져 있다. 그러나 처음으로 그런 계획을 생각한 사람은, 9백여 권의 장서 가운데 7백여 권이 자신의 책이었던 콩코드의 어느 실패한 저자였다. ✽

9.
하느님은 인간의 튼튼한 다리를 좋아 한다

　도로우가 시민 불복종에 대하여 강연을 하던 1848~1849년 무렵의 미국 인구는 2천만이었다. 그 가운데 248만 7천 3백 5십 명이 흑인 노예였다.

　그때 미국은 멕시코와 전쟁을 막 끝마치고 있던 때였다. 이 전쟁으로 새 땅을 많이 차지하게 되었는데 나중에 유타, 아리조나, 뉴멕시코 주가 된 땅이 모두 그 지역에 속해 있었다. 1848년 멕시코와 맺은 종전 협정에 의하여 캘리포니아 지역도 미국의 영토가 되었다. 켈리포니아는 1850년에 미국의 주가 되었는데, 노예제도가 금지된 소위 '자유주'(州)였다.

　당시에는 노예제도가 가장 중요한 문제였다. 북부의 주들은 노예제도를 반대하였고, 남부는 노예제도를 고수하였다. 남부와 북부는 일련의 협정으로 전쟁을 겨우 피하고 있었다. 그런 가운데 남부에서는 '노예가 있는 주들'을 계속 만들어 나가고자 하였고 반대로 북부는' 자유주'의 확장을 꾀하였다. 스스로 폐지론자들이라고 자칭한 사람들이 노예제도의 종식을 주장하고 나섰다.

에머슨과 마찬가지로 도로우도 노예제도를 반대하였고 자유를 찾아 도망친 노예들을 도와주었다. 그렇지만 도로우는 결코 폐지론자들의 단체에 가담하지는 않았다.

그 무렵 수천 명의 이민들이 아일랜드, 프랑스, 이태리 그리고 오스트리아, 헝가리에서 미국으로 건너왔다. 그들은 고향을 떠나 미국에서 새로운 삶을 개척해 나갔다. 거의 매일 이민으로 가득찬 배가 뉴욕 항구에 들어왔다. 1840년에는 8만 4천 6십 명이 미국으로 건너왔고, 1850년에는 37만 명이, 1851년에는 약 38만 명이 되었고 1854년에는 42만 명 이상이 미국 땅을 밟았다.

그 무렵 또 다른 중요한 사건들이 미국에서 일어났다. 1848년 1월 24일, 캘리포니아의 아메리칸 강에서 방앗간을 짓던 인부 두 사람이 땅을 파다가 노란 가루를 발견하였는데 뜻밖에도 그것은 금이었다. 두 사람은 금의 발견을 비밀로 하고자 했지만 불가능한 일이었다.

1848년 5월에는 캘리포니아에 있는 한 도시 인구의 절반가량이 금을 캐러 갔다. 6월에는 약 2천 명의 사람들이 아메리칸 강의 둑을 따라 금을 캐고 있었다. 다음 달에는 그 수가 배로 불어났다. 이 소식이 동부에 전해지자 저마다 직장을 그만두고 고향을 떠나 캘리포니아로 몰려들었다.

1848년 캘리포니아의 인구가 1만 4천에서 2만으로 늘어났다. 1849년에는 거의 십만을 육박했다. 노동자들은 하루에 20달러를 벌었다. 그러나 빵 한 조각이 2달러였고 버터 1파운드 값은 6달러나 되었다. 다른 나라에서 온 사람들도 금 찾는 일에 뛰어들었다. 미국인, 멕시코인, 중국인, 라틴 아메리카인들이 범벅이 되어 아메리칸 강을 따라 금을 캤다. 처음에 그 일을 시작했던 자들은 큰 성공을 거두었다. 금이 발견된 직후 1년 동안 백만 달러 어치의 금이 캘리포니아에서 채금되었다.

같은 무렵에 철도가 가설되었다. 큰 도시마다 공장들이 들어서고 있었다. 서부에서는 곡식을 거두는데 처음으로 기계를 사용하였다.

이 모든 사건들과 변화가 헨리 도로우에게는 무엇을 의미했던가? 아무 것도 아니었다. 그는 이 급변하는 세계를 거의 눈여겨보지 않았다. 매일 아침 신문을 보긴 했으나 곧 신문에 난 뉴스를 잊어버렸다. 삶의 방식이 조금 달라지고 있는 것일 뿐이라고 그는 생각했다. 진리는 역시 옛날과 동일하고 변함이 없으며 작가나 사상가는 오직 진리에 대해서만 관심을 두어야 한다는 것이었다.

'시민 불복종'을 강연하고 그것을 책으로 출판하면서부터 도로우는 전보다 더욱 도로우다워졌다. 그는 대부분의 사람들이 갈망하는 것들 — 돈, 명성 그리고 소유 — 은 좋지 못한 것들이라고 충심으로 믿고 있었다. 그는 자기가 선한 것이라고 생각하는 바를 추구하는 데 더욱 열중했다.

아침나절이면, 그의 말대로, 육신을 지탱하기 위하여 연필을 만들었다. 때로는 책을 읽거나 글을 썼다. 오후에는 주로 산책을 하였다. 밤이면 생각했던 것을 일기장에 옮기거나 친구들을 방문했다. 콩코드에 관해서라면 환하게 알고 있는 여행가였으면서 때로 북부 지방과 캐나다까지도 가보았다. 더 자주 여러 곳에서 강연을 하게 되었다.

"나는 본디가 사업을 하는 사람이다."라고 한 친구에게 편지를 보냈을 만큼 그는 일하는 것을 즐겼고 노동을 싫어하는 사람들을 이해할 수가 없었다. 노동이야말로 인간이 할 수 있는 적절한 행위라고 그는 생각했다. 하느님은 인간의 튼튼한 다리를 좋아할 것이라고 한 친구에게 편지를 쓰기도 했다. 이런 것이 도로우의 유모어였다. 실제로 도로우는 자신의 튼튼한 두 다리를 자랑스럽게 생각했다. 나중에 병이 들어 바라는 만큼 걸을 수 없게 되자 자신의 두 다리가 제대로 봉사할 수 없게 된 것을 매우 안타까워했다.

도로우와 함께 산책을 했던 사람들은 도로우의 산책하는 모습에 대한 기록을 많이 남겼다. 에머슨은 도로우가 들짐승이나 새들이 들판을 좋아하듯이 좋아한다고 말하고 있다. 짐승들처럼 그는 산길을 자기 마음대로 탔다. 걸을 때면 모자를 눌러 쓰고 튼튼한 구두를 신었으며 두툼한 바지를 구두 위에 닿도록 길게 입어 다리를 보호하였다. 나무를 잘라 만든 지팡이는 한 쪽을 깎아 그 위에 1인치 눈금을 그어놓았는데 그것으로 걸으면서 무엇인가를 늘 재곤 했다. 주머니 속에는 공책과 연필 그리고 칼이 늘 들어 있었다. 그리고 새들을 관찰하기 위한 망원경과 식물을 관찰하기 위한 현미경을 가지고 다녔다. 간혹 집에 가지고 와서 관찰을 계속해야 할 식물이 있으면 끈으로 묶어 가지고 왔다.

물에서 자라는 식물을 살펴보고 싶을 때에는 서슴없이 못으로 걸어 들어갔다. 무엇인가를 멀리서 보아야 할 때에는 나무 위로 기어 올라갔다. 도로우와 함께 산책한다는 것이 여간 힘든 일이 아니었다고 챠닝은 말했다.

새들이나 작은 짐승을 관찰할 때에는 어찌나 꼼짝 않고 앉아 있는지 그것들이 조금도 눈치 채지 못하고 자연스럽게 움직였다고, 에머슨은 적고 있다. 간혹 새나 작은 짐승들이 오히려 도로우를 보고 이상하게 여겨 가까이 다가와 살펴볼 때도 있었다. 도로우의 관찰 능력이 너무 뛰어났으므로 에머슨은 그에게 남다른 감각 기관이 있는 게 아닌가 생각할 정도였다. 마치 현미경을 눈에 달고 있는 것 같았다고 에머슨은 말한다. 남들은 듣지 못하는 소리를 그는 들었다. 그리고 한번 듣거나 본 것은 무엇이나 다 기억하고 있었다고 에머슨은 말한다.

도로우는 그의 친구들도 자기처럼 용기를 가지고 산책하며 웬만한 어려움은 견뎌줄 줄로 기대하였다. 그는 하루 종일 과자와 차로 연명하며 걸을 수 있었다. 자기 자신이나 남들이나 허약하게 헐떡이는 것을 참고 봐줄 수가 없었다.

도로우는 천천히 걸을 줄을 몰랐다. 어깨를 앞으로 쑥 내밀고, 푸르고 갈색인 두 눈으로는 모든 것을 살펴보면서 앞으로 앞으로 나아갔다. 무엇인가 흥미 있는 것을 발견하면 그것을 향하여 똑바로 갔다. 연못이 있으면 건너고 바위가 있으면 기어 올라갔다. 들판에서 일하고 있던 농부들은 갑자기 나타난 그를 보고 구름에서 뚝 떨어진 사람이 아닌가 생각하기도 했다.

도로우는 월든 호수와 콩코드 강의 수심을 재어 기록을 남겼고 철새들이 언제 왔다가 어떻게 가는지, 봄에 가장 먼저 싹트는 식물이 무엇인지도 적어 두었다. 나무들의 키를 재었고 들꽃들을 집으로 가져와서 조사하기도 했다. 또 오래 전에 살았던 인디언들의 유물을 발견할 때도 있었다. 그는 그것들을 수집하기 시작했다.

에머슨인가 챠닝인가는 도로우가 걷는 동안 너무 말이 없다고 비난하기도 했다. 자신의 생각을 남에게 말로 나누기보다는 일기장에다가 적어 두는 것이 도로우의 습성이었다. 친구들의 비난이 옳다고 생각되면 그날 일기에다가 자신의 태도를 좀 고쳐야겠다고 써두었다.

사실인즉 사람들과 어울려 있는 동안 그는 더욱 외로움을 느꼈고 스스로 무뚝뚝한 줄 알지만 그럴수록 친구들과 사귐을 갈망하였다. 한 주간이 지난 다음에도 그는 말이 없다는 비난을 생각하고 있었다. 그는 일기장에다가 만일 자기에게 친구들을 사귀는 데 필요한 다정다감함이 결여되어 있다면 할 수 없는 일이나 적어도 자연과의 우정만은 계속하고 싶다고 써놓았다. 그에게는 인간이 자연과 인간을 동시에 사랑할 수는 없다는 무슨 법이라도 있는 것만 같았다.

스위스의 과학자 루이스 에이가씨즈가 1846년 미국으로 건너 와 2년 뒤부터 하버드에서 가르치기 시작했다. 에이가씨즈는 특별히 식물과 동물에 관심이 많은 과학자였다. 도로우는 그에게 여러 가지 물고기와 식물의 표본을 보냈다. 에이가씨즈는 그중에 처음 보는 것들도 있었으므로 도로우에게 감사를 표시하였다.

도로우는 동물을 사랑하고 있었다. 그것이 암소든 돼지든 작은 고양이든 헨리 도로우에게는 모두가 사랑의 대상이었다. 그들은 서로를 이해하고 있었다. 1852년 4월 어느 날 오후 도로우는 밭 한가운데서 마못(marmot:다람쥐과의 동물 — 편집자주) 한 마리를 발견하였다. 그해에 들어와 처음 보는 마못이었다. 도로우는 울타리 바깥에서 뛰었고 마못은 울타리 안에서 뛰었다. 도로우가 조금 더 빨랐다. 울타리를 돌아 마못의 길을 막아섰다. 그는 마못 앞에서 주저앉아 그를 내려다보았다. 마못도 제자리에 멈추어 서서 도로우를 쳐다보았다. 둘은 반시간이 넘도록 마주보기만 했다. 도로우가 자리에서 일어섰을 때에도 마못은 움직이지 않았다. 그는 도로우가 자기를 바라보는 한 움직이지 않으려는 듯했다.

도로우는 다시 마못 앞에 앉았다. 그리고 그에게 말을 걸었다. 나뭇잎을 조금 씹어서 그것을 마못의 코 앞에 놓아두었다. 그는 지팡이로 마못을 건드려 보다가 뒤집어서 배의 색깔이 어떤지를 살펴보았다. 그때 먹일만한 것이 좀 더 있었다면 손으로 만져볼 수도 있었을 것이라고 도로우는 일기장에 썼다.

도로우가 떠날 때까지 마못은 그를 쳐다보고 있었다. 도로우는 그 마못이 자기보다 더 콩코드 토박이였을 것이라고 생각했다. 왜냐하면 그의 선조들이 콩코드에 자리 잡기 전부터 마못의 선조들은 그곳에 살고 있었을 것이기 때문이었다.

어느 여름날 오후, 강에 갔다가 집에 돌아온 도로우는 아버지가 기르던 돼지 한 마리가 도망쳤다는 말을 들었다. 도로우가 아버지보다 빨리 달릴 수 있었으므로 돼지를 잡아오는 일이 그에게 배당되었다.

도로우는 돼지의 발자취를 추적하기 시작했다. 돼지는 울타리를 벗어나 마을의 거리 한복판을 천천히 걸어갔다. 이웃 사람들이 도로우를 도와 돼지를 잡으려 했다. 거리에서 지르는 사람들의 고함소리는 도로우보다 돼지에게 더 도움이 되는 것 같았다. 마침내 도로우는 돼지를 마차 만드는 공장의 열린 문으로 몰아넣는 데 성공했다. 그는 문을 급히 닫았다. 돼지는 이리저리 도망치다가 마차 바퀴 밑으로 들어갔다. 작은 소년이 바퀴 밑으로 들어가 돼지를 내몰았다. 돼지가 바퀴 사이에서 우물쭈물하고 있을 때 도로우는 몸을 던져 돼지의 발목을 붙잡고는 끈으로 묶었다.

돼지를 집으로 끌고 오기란 잡는 것 못지않게 힘든 일이었다. 돼지가 덤벼들자 도로우를 도와주던 사람은 질겁하고 도망쳤다. 도로우와 한 친구는 가까스로 작은 수레를 마련하여 거기에다 돼지를 싣고 집으로 돌아갔다.

도로우는 그 얘길 하면서 모두 — 돼지를 비롯하여 그의 이웃들, 친구들, 그리고 콩코드의 소년들까지 — 가 즐거운 경험을 나누었다고 했다. 마못이나 돼지가 그를 즐겁게 해주지 못할 때에는 고양이가 그를 즐겁게 해주었다. 도로우는 고양이를 좋아하여 어떤 때는 집고양이들과 몇 시간씩 함께 놀기도 했다.

　도로우에게는 전쟁이나 정치 그리고 사업 따위에 신경을 쓸 시간이 없었다. 그는 자연 속에 숨어 하느님을 찾아내는 일에 너무나도 바빴다. 또한 당대의 가장 훌륭한 산문을 쓰는 일에도 그는 바빴다. ✸

10.
단순하게 살아라

비록 도로우의 첫 번째 책이 많이 팔리지는 않았지만 그 책으로 인하여 새로운 친구들을 몇 명 알게 되었다. 도로우는 「한 주간」을 토마스 칼라일의 친구인 영국인 역사가 앤토니 프로우드에게 보냈었다. 프로우드는 도로우가 읽어서 기분 좋을 편지를 보내왔다.

그것은 1849년 9월 3일 영국에서 보낸 편지였다. 그는 편지에서 에머슨을 통해 오래 전부터 그를 잘 알고 있었으며 존경해 왔는데 직접 책을 읽고 나서 더욱 잘 알게 되었다고 했다. 프로우드는 도로우에게, 당신의 생각을 읽고 또 이루어놓은 일들을 알게 되니 전에 없던 각별한 우정을 느끼게 된다고 썼다.

도로우는 그런 칭찬의 말을 듣고 무척 기뻤다. 프로우드 말고도 그의 책과 생각을 칭찬한 사람들이 더 있었다.

매사추세츠의 오체스터에 살고 있던 해리슨 블레이크는 1835년에 하버드를 졸업한 전직 유일교의 목사였는데, 그 역시 에머슨이 가졌던 것과 비슷한 회의에 빠져 마침내 목사직을 버리고 학교 선생이 되어 있었다. 그는 에머슨을 만나러 콩코드에 왔다가 전에 하버드에서 약간 안면이 있던 도로우와 더욱 깊은 교우 관계를 맺게 되었다. 1848년 그는 도로우가 「더 다이얼」에 쓴 에세이 한 편을 읽고 다시 읽은 뒤 편지를 보냈다. 그때부터 그는 도로우의 성실한 벗이자 숭배자가 되었다.

『콩코드 강과 메리맥 강에서 보낸 한 주간』이 출판되었을 때 도로우는 두 번째 책을 탈고했다. 월든 호수에서 보낸 2년간의 생활을 충실하게 기록한 책이었다. 그는 「한 주간」의 마지막 부분에서 「월든」이 곧 출판될 것임을 예고했었다. 「월든」이 완전히 탈고된 것은 1849년 말이었으리라.

이번에는 책의 출판비를 그가 마련하지 않아도 되었다. 「월든」에는 색다른 이야기들이 많이 들어 있었고 또 새로운 사상이 표현되어 있었다. 그 책은 마치 월든 호수의 맑은 물이나 소나무 숲처럼 신선하고 깨끗한 맛을 풍기는 아주 단순하고 쉬운 문체들로 가득 차 있었다. 게다가 도로우의 이름도 어느 정도 알려져 있었으므로 독자들의 관심을 끌 것이 확실했다. 충분히, 경제적인 재미를 볼 가능성이 있었다. 그래서 이번에는 출판업자를 찾는 데 그리 고심하지 않아도 되었다. 보스턴의 출판업자 티크소와 필즈가 1854년 초에 원고를 받아갔다.

이 사실을 알게 된 호레이스 그릴리는 곧 자신의 신문에다 그 책의 출판을 예고하겠다고 했다. 1854년 8월 9일 「월든」이 세상의 빛을 보게 되었다. 1달러짜리 책이었다.

『콩코드 강과 메리맥 강에서 보낸 한 주간』과 「월든」을 비교하는 일은 흥미롭다. 「한 주간」은 우선 일정한 틀이 없는 책이었다. 존과 헨리가 신나게 여행했던 강줄기처럼 때로는 목적지 없이 헤매기도 했다. 「한 주간」에서 도로우는 마음 내키는 대로 강의도 하고 시를 쓰기도 하며 닥치는 대로 써내려갔다.

이에 비해 「월든」을 잘 짜인 책이다. 이 책에서는 여행자로서의 저자가 조심스럽게 계산하여 이야기를 하고 있다. 「월든」에는 「한 주간」에서 찾아볼 수 없었던 일정한 틀과 목적이 발견된다. 그것은 도로우가 월든 호수에서 얻은 경험과 그에 대한 의견을 적은 책이었다.

단순하게 그는 썼다. 그대의 삶을 단순화시켜라. 대부분의 인간들이 쓸데없이 갖추고 있는 바보스럽고 무가치한 행동이나 소유물을 멀리하고 단순하게 살아라. 생존을 위해서는 최소한의 일만 하라. 그리고 단순한 진리와 정신적인 가치를 추구하며 살아라. 도로우는 자신이 가난한 자로서 살며 발견했던 풍요를 독자들에게 일러주며 그들도 그렇게 살기를 바랐다.

그러나 「월든」도 그에게 즉각적인 명성과 행운을 가져다주지는 못했다. 그런 것들은 도로우와 거리가 멀었다. 도로우의 두 번째 저서에 대하여 여러 가지 서로 다른 의견들이 발표되었다.

로우웰의 친구인 찰스 브리그스는 한 잡지에서 도로우의 특이한 목적을 칭찬하였다. 그는 도로우가 아무것도 벌어들이지 않으면서 무엇인가를 성취하려고 했다고 말했다. 이것이야말로 아무것도 하지 않으면서 잘 살기를 바라는 대부분의 사람들과 전혀 다른 인생의 목적이라는 것이었다. 그러면서 브리그스는 「월든」에서 도로우의 정직성을 의심하여 그의 모든 경험이 별로 가치가 없는 것이라고 주장했다.

다른 평론가들도 역시 도로우의 정직성을 의심하였다. 그들은 도로우가 월든 호수에서 겪은 삶을 진실하게 기록했다고 믿지 않았다.

「월든」이 출판된 직후 한 권이 영국에 도착했다. 19세기의 가장 성공한 작자들 가운데 하나가 된 조지 엘리오트가 런던의 한 문학잡지에 「월든」에 관한 글을 썼다. 1855년이었다. 다른 미국의 비평가들과 달리 그녀는 「월든」에 대하여 호감을 가지고 있었다. 그녀는 몇몇 사람들은 도로우의 생활 방식이 비현실적이며 지나치게 시적이라고 생각하겠지만 그럼에도 불구하고 도로우의 사상은 전반적으로 지혜로운 것이라고 했다.

도로우는 「월든」의 출판에 큰 성공을 기대하지 않았다. 첫번째 책이 나온 다음 어떤 경험을 했는지 잘 기억하고 있었던 것이다. 「월든」 출간 이후에 다른 강연을 계획하고 준비하면서 도로우는 자기가 즐기고 있는 삶은 제나름의 유익한 점을 지니고 있다고 말했다. 그는 완벽하게 자유로웠다. 꽃을 관찰하고 공부하는 데 2년을 보냈다. 원하기만 했다면 가을의 나뭇잎 색깔이 바뀌는 것을 관찰하기 위하여 몇 달을 소모하기도 했을 것이다. 그는 나이를 먹으면서도 언제나 젊은이의 삶을 살았다. 그리고 뜻밖의 성공으로 오히려 자신의 자유 분방한 생활이 끝장나는거나 아닌지 늘 염려했다.

에머슨과 마찬가지로 도로우에게도 숭배자들이 생겨났다. 그들 가운데는 젊은 영국인 토마스 코몬델리가 있었다. 그는 1854년 소개장을 가지고 콩코드에 와서 에머슨을 만났는데, 에머슨은 그에게 도로우의 하숙집을 소개하였다. 코몬델리는 이내 에머슨보다 도로우에게 더 관심을 갖게 되었다. 몇달 동안 그는 도로우와 챠닝을 따라 산책에 동행을 하였다. 영국으로 돌아간 다음에도 코몬델리는 도로우와 편지 교환을 계속하였다.

콩코드에서 친절한 대접을 받은 데 대한 사례로 코몬델리는 도로우에게 44권으로 된 힌두 전집을 보내 주었다. 그것은 값진 선물이었다.

도로우는 크게 기뻐하여 자주 읽었다. 도로우는 답례로 남부 지역에 관한 책과 시인 월트 휘트만의 「풀잎」 초판본을 코몬델리에게 보내주었다. 「풀잎」이 영국에 건너간 것은 그것이 처음이었으리라.

도로우의 강연은 듣기에 난해한 편이었다. 그에게는 정치가다운 열정이나 에머슨같은 말솜씨가 없었다. 그는 할 말이 있으면 그냥 그것을 말했고, 그렇지 않으면 준비해간 원고를 그대로 읽었다. 그뿐이었다. 그는 자기가 많은 사람들의 흥미를 끌지 못한다는 사실을 잘 알고 있었고 오히려 그것을 자랑으로 여겼다.

도로우는 어떤 종류의 대상이든 즐겁게 해 줄 수 있는 이른바 성공적인 연설가가 됨으로써 자신을 더욱 값싼 존재로 만들게 되지나

않을까 늘 걱정하고 있었다. 그러면서도 한편 자기의 말뜻을 알아듣는 자들이 거의 없는 데 대하여 마음이 서운했다. 그는 일기장에, "내가 만일 나 자신에게 좀 덜 맞춘다면 그들에게 좀 더 맞춰 줄 수 있을 텐데."라고 썼다. 그는 사람들이, 특별하거나 혹은 아주 뛰어난 생각을 하는 사람보다는 보통 생각을 하고 보통 행동을 하는 평범한 사람을 요구한다고 생각했다.

만일 자기 자신과 청중을 동시에 즐겁게 해 줄 수 없다면 차라리 자기 자신을 즐겁게 하겠다는 것이 도로우의 생각이었다. 그는 언제나 자기 자신이 되려고 했다. 그 이상은 바라지 않았다.

어쩌면 자기 자신과 청중 둘 다를 즐겁게 하지 못했을지도 모르겠으나 아무튼지간에 도로우는 강연차 여행하는 것을 매우 즐거워했다. 친구들을 만나는 것과 새로운 장소를 보는 것이 그는 즐거웠다. 또한 강연에서 생긴 약간의 수입도 그를 기쁘게 했을 것이다

장기간의 여행을 할 때에는 강연과 자연 관찰을 아울러 했다. 오랜 친구를 만나기도 했고 새로운 시인 친구를 사귀기도 했다. 브론슨 올코트가 그를 긴 여행길에 오를 수 있도록 초대해 주었다.

올코트는 매사추세츠의 하버드 근처에 있는 협동 마을인 후르츠랜즈의 설립자들 가운데 한 사람이었다, 19세기 중엽에는, 마을 사람들이 함께 농사를 지어 추수한 곡식을 나누고 오로지 종교와 사상에 몰두하며 검소한 생활을 하는 협동 마을들이 군데군데 있었다.

호돈의 처제인 엘리자벳 피보디는 보스턴에 있는 올코트의 학교에서 교편을 잡은 적이 있었다. 2년 동안 그녀는 보스턴에 있는 자

신의 책방에서 「더 다이얼」을 인쇄했었다. 지금은 뉴저지 주에 이글스우드라는 이름으로 불리우는 퀘이커 마을 건설을 돕고 있는 중이었다. 그곳은 뉴욕 시에서 남쪽으로 30마일 떨어진 곳이었다.

1856년 가을, 도로우는 이글스우드로 가는 길에 뉴욕을 방문하였다. 그는 호레이스 그릴리를 만날 참이었으나 마침 신문사 사무실에 그가 없었다. 도로우는 뉴욕의 한 도서관에서 한 두시간 책을 읽다가 여행을 계속하였다. 이글스우드에 도착했을 때 그는 그곳이 매우 이상스런 마을이라고 생각했다.

낡은 농가와 사무실 그리고 몇 채의 상점이 있고 그 곁에 온 마을 사람들이 함께 일하는 기다란 석조 건물이 있었다. 도로우는 토요일 밤 그곳에서 열린 댄스 파티에 참석하였고 주일에는 같은 장소에서 거행된 예배의식에 참석했다.

도로우는 이글스우드에 머물면서 그 마을 소유로 되어 있는 2백 에이커의 땅을 돌아보았다. 그곳은 아직 야생지였고, 그래서 도로우는 숲과 연못과 늪지를 차례로 살펴보았다. 숲속의 잡목 가지에 걸려 옷이 찢어지기도 했다. 도로우는 이글스우드에서 겪은 모든 일들을 누이 동생인 소피아에게 편지로 써보냈다.

도로우가 이글스우드에서 자연 관찰과 강연을 하면서 보낸 몇 주간 동안에 세 번이나 올코트가 찾아왔다. 언젠가 토요일에 두 사람은 호레이스 그릴리한테서, 뉴욕 시에서 36마일 떨어진 자신의 농장을 방문해 달라는 초대를 받았다. 이튿날인 주일날에 두 사람은 뉴욕의 유명한 목사 헨리 와드 비처의 설교를 들으러 갔다. 월요일에는 시인 월트 휘트만을 방문했다.

그때 월트 휘트만은 「풀잎」이라는 제목의 연작시를 막 출판했었다. 그 시들은 지금까지 시와는 격이 다른 것들이었다. 많은 사람들은 그것이 시가 아니라고 생각했다. 형식으로 보나 인쇄된 모양으로 보나 그것은 오히려 산문에 가까워졌다. 또한 많은 사람들이 「풀잎」을 그다지 좋지 못한 책이라고 했다. 그것은 휘트만이 감각을 통하여 인간의 경험을 써 놓았기 때문이었다. 그러나 휘트만의 시집 속에 내재된 중요성을 감지한 사람들도 어느 정도 있었다. 에머슨이 그들 중 하나였다. 도로우 역시 「풀잎」이 미국 문학사에서 가장 뛰어난 작품 가운데 하나로 인정받을 수 있었던 시적 가치가 뭔지를 물론 이해하고 있었다.

도로우는 콩코드에 돌아온 다음에도 휘트만에 대하여 계속 생각했다. 휘트만은 도로우에게 「풀잎」의 재판 한 권을 보내 주었다. 도로우는 그 책에서 자신이 읽은 어느 책보다 큰 영향을 받았다고 말했다. 그는 휘트만을 가리켜 '위대한 친구'라고 말할 수 있게 되었다는 사실을 매우 기쁘게 생각했다.

자신이 좋다고 생각하는 것을 발견할 때 도로우의 마음은 넉넉할 수 있었다. ❀

11.
여행 이야기

이 무렵 도로우는 자주 콩코드를 떠나 멀리 여행을 했다. 1850년에도 여행을 했는데 이번에는 이글스우드에 갔을 때나 월트 휘트만을 방문했을 때처럼 유쾌한 여행은 아니었다.

도로우와 「더 다이얼」에서 함께 일한 적이 있는 마가렛 풀러는 1846년 유럽으로 건너갔다. 그녀는 먼저 영국으로 가서 칼라일과 워즈워드를 만났다. 그 다음 이태리로 가서 마르퀴스 안젤로 오솔리를 만나 그와 결혼했다. 1850년 그녀는 그동안 쓴 글을 출판하기 위하여 미국으로 돌아올 결심을 했다. 남편과 어린 아들을 데리고 그녀는 1850년 5월 17일 여행길에 올랐다. 그런데 7월 19일, 그들이 탄 배가 뉴욕 항에 가까이 왔을 때 풍랑이 일어 화이어 섬 근처에서 배가 가라앉고 말았다. 오솔리 일가는 그 사고로 모두 죽었고 아이의 시체만이 발견되었다.

에머슨의 부탁으로 도로우는 마가렛 풀러의 원고와 유품을 찾아 내기 위하여 7월 25일 콩코드를 떠났다. 챠닝이 화이어 섬까지 동행 하였다.

도로우는 아이의 무덤을 찾아보았으나 풀러의 유품을 거의 발견할 수 없었다. 서류 몇 점과 20~30권의 책이 들어 있는 검은 가죽 상자가 전부였다. 그녀의 남편 것이라고는 해변에서 발견된 코트뿐이었다. 도로우는 그 코트의 단추 한 개를 떼어 오솔리의 유일한 유품으로 가지고 돌아왔다.

그 밖의 도로우의 다른 여행들은 화이어 섬에서처럼 슬프지는 않았다. 그는 어디에 가서 무엇을 보았는지를 일기장에 꼬박꼬박 기록해 두었다. 이 기록들을 근거로 여행 이야기를 썼다. 그것들은 먼저 잡지에 발표되었다. 나중에 도로우가 죽은 다음 그것들은 「코드 만(灣)」, 「메인의 숲」, 「캐나다의 양키」라는 제목으로 출판되었다. 「코드 만」과 「메인의 숲」에는 수년에 걸쳐 여러 번 그곳을 여행했던 이야기가 수록되어 있었다.

이런 여행들은 콩코드의 들판이나 농장을 산보한 도로우의 발길이 연장된 것이라고 해야겠다. 도로우는 고향 근처 산골의 아름다움을 매우 사랑했었다. 그러나 도로우는 또한 야생 그대로의 자연을 사랑했으므로 좀 더 멀리 여행을 떠나기도 했던 것이다. 그는 매사추세츠의 대서양 해안을 따라 이뤄진 코드 만에서 야생 그대로의 자연을 보았다. 또한 메인의 숲에서도 자연의 참 모습을 볼 수 있었다. 자연의 생태 그대로 살아가기를 갈망하는 것은 도로우에게 있어서,

사랑하는 가족과 함께 한 식구로 살아가는 것이나 지적인 우정을 나누는 것이나 도덕적 진실을 추구하고 들꽃의 아름다움을 사랑하는 것과 마찬가지로 하나의 어쩔 수 없는 생리(生理)였다.

도로우가 살던 때의 사람들은 여행을 할 때 걷거나 말을 타거나 배를 타거나 기차를 탔다. 먼 여행을 할 때 도로우는 기차로 갈 수 있는 곳까지는 기차를 탔다. 때로는 콩코드에서 하듯이 말을 타거나 역마차 신세를 지기도 했다. 그러나 무엇보다도 그는 걷는 것을 좋아했고 걸어서 밖에는 갈 수 없는 곳을 찾아다녔다.

도로우가 코드만(灣)에 처음 가본 것은 1848년 가을이었다. 이듬해 6월에 그는 다시 그곳을 찾았고 1855년 여름에 세 번째로 갔다. 그가 그곳을 마지막으로 찾은 것은 1857년 여름, 병을 앓고 있을 무렵이었다. 두 번째를 제외하고는 매번 챠닝이 동행했다.

도로우는 길이가 65마일 가량 되는 코드 만을 서너 차례 걸었다. 코드 만은 그의 흥미를 끌었다. 콩코드의 푸른 들판이나 숲과 비교하여 너무나도 다른 곳이었다. 바닥은 거의 잿빛이나 황색 모래로 덮였고 나무라든가 수풀은 찾아보기 힘들었다. 도로우는 그 황량하고 쓸쓸한 광경에 감명을 받았다.

코드 만에 갔을 때마다 도로우는 늘 바다 가까이에 있었다. 파도 소리가 언제나 들렸고 소금기 있는 바람이 불어 모래를 날리는 것이 보였다. 도로우는 바다에서 잡은 무수한 고기들을 바람에 말리고 소금에 절이는 것을 신기하게 살펴보았다. 그는 해변과 새들과 식물들과 고기들을 관찰하였다. 그가 본 모든 것들을 기록으로 남겼고 그

고장의 역사에 대해서도 아는 대로 기록해 두었다. 그는 코드 만에 사는 사람들이 다른 사람들과 다르다고 생각했다.

도로우는 코드 만의 사람들한테서 감명을 받았다. 모두가 잘생긴 얼굴이었다. 그러나 그들의 아내들한테서는 별 감명을 받지 못했다. 거의가 다 이빨이 빠져서 보기 흉한 얼굴을 하고 있었던 것이다. "그렇지만 역시 우리는 그들을 존경한다."고 그는 썼다.

그와 챠닝은 작은 여관을 발견하면 거기서 머물렀다. 여관이 없는 마을에 갔을 경우에는 도로우가 제일 큰 집에 가서 방 하나 빌리자고 청을 했고 대개의 경우 허락을 받았다.

한번은 어느 마을의 역사책을 구하려고 했는데 파는 곳을 찾을 수가 없었다. 도로우는 그 마을에서 제일 좋아 보이는 집을 찾아가 역사책을 좀 보자고 했다. 이상하게 생긴 여자가 책을 가지고 나오자 무조건 팔라고 했다. 도로우는 돈을 지불하고 나서 배낭을 지고 걸어 나왔다. 그곳 사람들이 도로우를 별스러운 사람으로 본 것도 결코 무리는 아니었다.

도로우는 미국의 동부 해안 최북단에 위치한 메인 주를 또한 좋아했다. 그가 처음 그곳을 찾아간 것은 일자리를 찾아 헤매던 1838년이었다. 월든 호수에서 살고 있을 때 메인의 숲을 여행한 적이 있었고 1853년에는 체선쿡 호수가 있는 북쪽 끝에까지 가보았다. 1857년에는 친구 한 사람과 함께 인디언 길잡이를 따라 배를 타고 알레가쉬와 동쪽으로 흐르는 개울 줄기를 거슬러 올라갔다.

그 무렵 메인 주는 그냥 거대한 야생의 땅이었다. 주위 대부분이 숲이었고 몇 개의 마을과 도시가 있을 뿐이었다. 도로우는 메인 주를 여행하기 위하여 착실하게 준비하였다. 필요한 만큼의 차, 설탕, 빵, 소금들을 준비하고 여행 대상지의 지도도 준비했다. 토마스 하이진슨이 여행을 떠나기 앞서 자문을 구했을 때 도로우는 자신의 경험에 비추어 자세하고도 실제적인 조언을 해 줄 수 있었다.

그는 하이진슨에게 자기네 일행 셋이 삼백이십오 마일을 여행하는 동안 정확하게 26파운드의 빵과 14파운드의 고기, 3파운드의 커리, 12파운드의 설탕 그리고 적당량의 콩, 밀가루, 과일, 야생 동물의 고기가 소모되었다고 적어 보냈다. 설탕과 커피 그리고 차는 습기를 방지할 수 있도록 다른 봉지로 따로 싸야 한다고 일러 주었다. 그리고 다른 짐들과 담요는 커다란 배낭에 넣으라고 했다. 거기에다가 낡은 신문지, 끈과 굵은 밧줄을 준비하고 비옷도 필요하다고 일러 주었다.

도로우는 숲을 향해 떠날 때 이 모든 것들을 준비했다.

「메인의 숲」은 도로우의 걸작 가운데 하나다. 인간과 자연에 대한 정확한 묘사와 영리한 관찰로 그득한 책이다. 밤의 호수를 묘사한 대목을 읽다보면 그곳의 습기와 찬 공기의 신선한 냄새, 그리고 수면에 비치는 달빛을 느낄 수 있을 정도다. 게다가 여행하는 자들에게 여러 가지 정보와 조언을 제공하고 있다. 숲속의 바닥은 햇빛이 닿는 일이 없으므로 언제나 축축하다고 주위를 주었다. 아무리 조심해서 걸어도 발은 늘 젖어 있게 마련이라고 했다.

배와 다른 짐들을 이 호수에서 저 호수로 옮길 때 도로우는 자기

몫을 져서 옮겼다. 거친 물살을 헤치고 배로 짐들을 운반해야 하는 때는 언제나 도로우가 그 배를 타서 안내를 했다. 얼음이 떠내려 오는 급류에서 그의 기술과 용기가 시험을 받게 되었고 도로우는 그 경험을 매우 즐겁게 생각했다.

도로우에게 메인 주는 수천 년 전의 모습을 그대로 지니고 있는 것 같았다. 메인의 숲을 보면서 그는 미국이 아직 얼마든지 신천지며, 사람들이 켈리포니아로 금을 찾으러 떠나고 있지만 동부에는 여전히 드넓은 야생지가 남아 있음을 알게 되었다.

체선쿡 호수를 여행할 때 도로우는 인디언 안내자인 조 아이테온 한테서 숲과 개울을 다루는 방법을 좀 배울 수 있을까 하여 그의 행동을 유심히 살펴보았다. 그러나 그 인디언이 자기보다 오히려 숲에 대하여 잘 모르고 있는 것을 발견하고는 놀라지 않을 수 없었다.

마지막으로 메인을 여행했을 때 도로우는 다른 안내자를 데리고 갔다. 조 폴리스라는 인디언이었다. 그는 도로우가 찾던 바로 그 안내자였다. 조 폴리스는 지금 어느 방향으로 향하고 있는지를 알아내는 특별한 감각을 지닌 사람 같았다. 그는 숲의 비밀을 재빨리 알아내었다. 그의 안내에 큰 감명을 받은 도로우는 '알레가쉬와 동쪽으로 흐르는 개울들' 에 대한 글에서 그곳의 숲과 동물들, 새들, 폭포들에 대하여 쓴 것과 거의 맞먹는 분량으로 조 폴리스에 대하여 썼다.

조 폴리스는 콩코드 강을 인디언 말로 '무스케티쿠크' 라고 하는데 그 뜻은 '죽은 물' 이라고 말했다. 도로우는 몇 년 전에 다른 인디언에게서도 같은 말을 들었었다. 그래서 그는 자기의 안내자가 유식

하고 슬기로운 인디언임을 다시 확인하게 되었다. 조 폴리스야말로 오랫동안 도로우가 자신도 그렇게 되기를 동경해온 바로 그런 종류의 인디언이었다.

야생 그대로의 자연은 언제나 도로우를 기쁘게 했다. 그러나 역시 그는 콩코드의 농장과 들판, 개울 그리고 나무들을 더 좋아했다. 언제나 그는 새로운 사랑을 가슴에 품고 콩코드로 돌아왔다. 1853년 11월 12일의 일기에서 그는 그토록 오랫동안 고향에 살아왔고 그곳을 상세하게 살펴볼 수 있어서 매우 기뻤다고 썼다. 이것은 그에게, 이곳저곳을 유랑하며 얻을 수 있었을 폭넓은 지식보다 더 좋을 것으로 여겨졌다.

도로우의 친구들은 거의 모두가 — 에머슨, 호돈, 올코트, 마가렛 풀러 등 — 유럽을 다녀왔다. 그런데 도로우는 아니었다. 그가 여행을 제한한 것은 단순히 돈이 없었기 때문은 아니었다. 그는 자신이 속해 있는 곳이라고 생각되는 장소에 머물러 있기를 갈망했던 것이다. ✿

12.
위대한 작가

헨리 도로우가 지은 집은 반듯하고 튼튼했다. 그가 배를 저으면 그 배는 가야 할 곳으로 정확하게 갔다. 그가 땅을 측량하면 치수는 언제나 틀림이 없었다. 그가 연필을 만들면 그 연필은 반드시 좋은 연필이었다. 직장에서 무슨 일을 맡기면 그 일은 빈틈없이 이루어졌다. 도로우가 글을 쓰면 그 문장은 고쳐 쓸 수가 없었다.

에머슨은 글을 말로 하듯이 썼다. 도로우는 읽히는 글을 썼다. 때로 그의 문장은 그의 인품 그대로 단순하고 직설적이었다. 또 가끔 그가 그러듯이 감정이 흘러넘치는 문장을 쓰기도 했다. 그의 문장은 언제나 분명하고 확신에 차 있었다.

도로우는 문장에 어느 정도 도가 통한 사람이었다. 어떤 문장은 그 질에 있어서 아름다움의 극치를 이루었다. 대부분의 문장은 직설적이고 짧으며 단순했다. 도로우는 표현하고 싶은 생각 그 자체에 걸맞는 문장을 쓸 수 있었다.

도로우는 자주 글 쓰는 기술에 대하여 생각하였다. 그는 글을 쓸 때에, 자기가 무엇을 하고 있는지 알고 있었다. 그의 글 쓰는 기술은 시를 많이 읽고 끊임없이 인간과 자연을 관찰하는 가운데 발전했다.

헨리 도로우는 단순하게 말하는 것의 아름다움을 좋아했다. 글은 모름지기 이해하기 쉽고 힘이 있어야 하며 솔직하고 진실성이 있어야 한다고 믿었다. 그런 글의 성격은 개발될 수 있는 것이라고 그는 생각했다. 그 가장 좋은 방법은 머리를 써가며 손으로 일을 하는 것이다. 손으로 노동하는 것이야말로 말이나 글에서 쓸데없는 단어와 감정을 없애버리는 최상의 방법이라는 것이었다.

어떤 글이든 처음 읽을 때 보편적인 진실이 드러나고, 두 번째 읽을 때 좀 더 난해한 진실이 드러나고, 세 번째 읽을 때 아름다움이 드러난다면 그 글은 완벽한 것이라고 도로우는 생각했다. 겉으로는 뭔가 중요한 것인 양 보이지만 사실은 별 가치가 없는 글을 아주 싫어했다. 좋은 책과 나쁜 책이 있는데 나쁜 책은 읽을 가치가 없는 책이라고 했다. 그가 소설을 좋아하지 않고 단 한편도 읽지 않았다고 말한 것은 그것들 속에 진실한 삶이나 사상이 들어 있지 않다고 생각했기 때문이었다.

가장 위대한 작가란 도로우에게 있어서 시인이었다. 그리고 모든 훌륭한 글은 시처럼 그 속에 음률적인 성격이 담겨져 있다고 말했다. 여러 번 도로우는 모든 사람이 시인이 될 수 있다고 말했다. 에머슨처럼 도로우도 '시인' 이라는 말을 넓은 의미로 사용했다. 그가 말하는 '시인'이란 인생을 깊게 들여다보고 그 아름다움을 발견하여 역시 아름답고 음악적인 언어로 그 감정을 표현하는 사람을 의미했다.

도로우는 완벽한 문장을 쓰는 것이 쉽지 않다는 사실을 잘 알고 있었다. 그러나 그는 다른 종류의 문장은 쓰려고 하지를 않았다. 그의 문장은 힘차고 활력이 넘치면서도 이해하기가 쉬웠다. 그의 글은 읽을 때마다 여전히 새롭게 생동한다. 또 그의 문장 속에는 재치와 슬기가 들어 있다. 도로우 특유의 유머가 번뜩인다. 그의 문장이 다른 문장들과 다른 까닭은 사물을 독특하게 보고 그 본 것을 곧이곧대로 표현하기 때문이다. 좋은 작가는 모두가 이런 성품을 지니고 글을 쓴다. 그들의 문장은 그들이 사물을 어떻게 보고 어떻게 말하느냐에 따라 결정된다. 한 작가를 다른 모든 사람들과 다르게 만드는 것은 바로 이 개인적인 성품이다.

도로우의 책에는 그의 독특한 문장 스타일을 보여 주는 글이 많이 들어 있다. 개인의 개성을 찬양하는 대목에 이런 글이 있다. "만일 누가 동료와 발을 맞추지 않는다면 아마도 그가 다른 고수의 북소리를 듣고 있기 때문일 것이다."

도로우는 단순한 삶을 신뢰하였듯이 단순한 표현을 신뢰하였다. 그의 문장에는 단순한 진리가 들어 있다. 그는 가능한대로 단어를 적게 썼다. 또 단어의 발음을 음악적으로 고려하여 글을 썼다.

도로우는 작가란 모름지기 자신이 잘 알고 있는 것을 써야 한다고 생각했다. 그 자신은 매일 일어나는 일들에 대하여 쓰되 시인만이 볼 수 있는 것을 찾아서 썼다. 생각이 분명하고 그 광경이 아직 선명할 때 즉시 그것을 쓰라고 그는 권고한다. 어떤 영감이 떠오를 때까지 기다려야 한다는 말을 도로우는 믿지 않았다.

할 말이 있거든 그 말을 하라는 것이었다. 아마도 그것이 엘러리 챠닝과 서로 맞지 않는 점이었던 것 같다. 챠닝은 너무나도 자주 별 의미가 없는 단어들을 나열하곤 했다. 도로우는 너무 쉽게 지쳐 버리는 산책 동료에 대해서와 마찬가지로 그런 식으로 글을 쓰는 것에 대해서도 참고 견뎌줄 수가 없었다.

지금 곧 쓰라, 말할 것이 있으면 분명하게 말하라. 이것이 도로우의 주장이었다. 도로우의 글에서 가장 훌륭한 점을 든다면 그것은 그 분명한 성격일 것이다. 맨 먼저가 분명함이고 그 다음이 유머와 독특한 사상이다. 에머슨은 도로우가 표현하고자 하는 바를 분명히 나타내기 위하여 확실하고 실제적인 예를 들었다고 평가하였다.

많은 작가들과 달리 도로우는 지금 자기가 무엇을 말하고자 하는 지에 대하여 확실하게 알고 있었다. 또 대부분의 작가들과 달리 그는 자신의 결점들도 알고 있었다. 1854년 9월 2일의 일기에 그는 자신의 결점들을 열거해 놓고 있다. 그것들 가운데는, 지나치게 새롭고 특이하고 현명한 생각들을 모색하는 것, 자기의 말로 하는 대신 유명한 남의 글을 인용하는 것, 단순한 단어를 사용하지 못하는 것, 그냥 독자들을 웃길 뿐인 단어를 사용하는 것 등이 있다. 이것은 정직한 반성이긴 하지만, 그래도 독자들은 도로우가 내심 심각하기만 하지 않고 가끔 유머를 사용하는 것을 좋아했다.

그러나 도로우가 미처 열거하지 못한 것까지 합쳐도, 그의 결점이라는 것이 그다지 중요한 것은 아니다. 도로우의 글에서 찾아볼 수 있는 좋은 점은 너무나도 많다. 그의 문장은 과연 통달한 자의 문장이었다.

도로우 자신에 의하지 않고는 다른 문장으로 바꾸거나 고칠 수 없는 그런 문장인 것이다. ✿

13.
유일한 야심

　도대체 이 산책하는 사람, 시인, 측량사, 작가는 어떤 종류의 사람이었나? 에머슨이나 챠닝이 가끔 술회했듯이 그는 과연 말상대하기가 까다로운 사람이었던가? 그의 고향 사람들 가운데는, 그가 연필 만드는 가업(家業)을 도와야 할 시간에 콩코드 강에서 어정거리며 세월을 보낸다고 생각한 사람이 많았다. 그는 결코 투표에 참여한 적이 없었다. 세금을 내느니 차라리 감옥으로 갔던 사람이다.

　콩코드 사람들의 견해로는, 도로우는 선생으로서 실패한 자였다. 그의 강연은 한 번도 사람들의 인기를 끌지 못했다. 작가로서도 별로 성공하지 못했다. 어떤 사람들은 그가 그토록 좋아하던 벌목꾼이나 가난뱅이, 늙은 어부들보다 더 나을 게 없는 인물이라고 생각했다.

　도로우는 자기의 인생에 있어서 가장 크게 성공한 것은 아주 조금만 가지고 살아갈 수 있었던 점이라고 생각했다. 에머슨은 도로우가 너무 오래 야생의 자연과 더불어 살아서 미쳐가고 있는 것이 아닌가 생각했다. 에머슨은 끝까지 도로우의 가까운 동료로 지적인 친구로 남았지만 역시 그가, 처음에 걸었던 자기의 기대를 충족시켜 주지는 못했다고 느꼈다.

에머슨은 도로우의 장점을 알고 있었다. 그러나 그의 결점 또한 알고 있었다. 에머슨은 도로우에 대하여 쓴 어느 에세이에서 그의 지혜, 정직성, 사물에 대한 즉각적인 이해력 그리고 진실에 대한 정열적인 사랑을 칭찬하였다. 그러나 자신의 감정을 숨기는 것, 자기처럼 빠르게 생각하지 못하는 것 그리고 자기의 글을 읽고 콩코드까지 찾아온 젊은 숭배자들을 만나 주지 않는 것에 대해서는 탐탁지 않게 여겼다.

물론 이것은 사실 그대로가 아니라 단지 에머슨의 견해였을 뿐이다. 에머슨이 도로우에 대하여 늘 그런 평가를 내린 것은 아니었다. 에머슨보다 훨씬 덜 표현하기는 했지만 도로우도 에머슨에 대하여, 에머슨이 도로우에 대하여 했던 것과 비슷한 말을 하고 있는 것은 참 흥미로운 일이다.

에머슨이 가끔 도로우에 대하여 언짢았다면 도로우는 자신에게 그토록 큰 감명을 준 사람의 언동에 가끔 충격을 받았다. 도로우는, 신은 신답게 행동해야 한다고 생각했다. 신이 신답지 못한 행동을 한다면 그것은 용서받을 수 없는 짓이었다. 1858년 에머슨과 도로우는 다른 몇 사람과 함께 산 속으로 여행을 갔는데 빈 병을 나무 앞에 세우고 총으로 쏘아 맞히는 놀이를 하게 되었다. 도로우는 그런 놀이가 에머슨이 할 만한 것은 못 된다고 생각했다. 게다가 에머슨이 성능 좋은 총을 자랑스럽게 사용하고 나중에 나무에 박힌 총알 빼내는 것을 보고 도로우는 크게 상심하였다. 그따위 짓은 시장터의 사람들이나 할 짓이었다. 도로우는 에머슨에게서 그 이상의 것을 기대했던 것이다. 친구 사이란 늘 그렇듯이 에머슨은 도로우의 결점들을 거의 다 잊어버릴 수 있었다. 그러나 다른 일로 그의 마음이 다시 아팠다. 그가 보기에 도로우는 좀 더 큰 일을 위해 태어난 사람이었고 그래서 중요한 자리를 차지해야 마땅한 인물이었다. 그런데도 도로우는 그런 목적에 자신의 능력을 결코 활용하지 않았던 것이다. 에머슨은 1851년 6월의 일기에 도로우가 야심이 부족하고 자기의 삶을 발전시킬 마음이 없는 듯하다고 썼다.

만일 이런 에머슨의 일기를 도로우가 읽기라도 했다면 아마도 크게 놀랐을 것이다. 그에게는 엔지니어라든가 변호사 혹은 교수가 될 마음이 조금도 없었다. 그는 보고 알기를 바랐고 또 그 보고 안 것을 쓰고 싶어 했다. 이것이 도로우가 품고 있던 유일한 야심이었다. 그것은 살고자 하는 야심이었다.

때로 도로우는 사람들과 대화를 나누지 않으려고 했다. 그가 나타남으로 해서 사람들은 불편함을 느끼기도 했다. 도로우는 자신이 단체를 좋아하지 않는다고 말했다. "사람들의 이른바 사회적 덕목이라든가 선한 사귐이라고 하는 것은… 서로 몸을 비벼댐으로써 따뜻하게 하려는 돼지들의 덕목에 불과하다." 그러면서도 도로우는 친구들에게 신세를 졌다. 그들과 식사를 함께 하고 산보를 같이 다녔으며 콩코드에 있는 자기 아버지의 집이나 월든에 있는 자기 오두막에 그들을 초대하기도 했다.

비록 나중에 거기 간 것이 즐겁지가 않았다고 쓰긴 했지만 파티에도 간 적이 있었다. 도로우로서는 파티가 즐겁지 않았다고 말하는 것이 하나의 즐거움이었는지도 모른다.

남들이 열심이 말하는 것을 듣고 있다가 조용히 한 마디 함으로써 그 토론을 끝내게 하는 것이 도로우의 습성이었다. 도로우가 한 마디 말을 하고 나면 그 누구도, 올코트나 에머슨까지도, 더 이상 무슨 말을 계속할 수가 없었다.

예컨대 그들이 어느 영웅에 대하여 한참 토론에 열을 올리고 있을 때 도로우는 인간이 영웅주의를 사고 판 것이 아닌가 생각한다고 말했다. 옛날이나 지금이나 사람들은 영광된 승리를 얻은 것보다 따뜻한 빵이나 달콤한 과자를 더 생각한다는 것이었다.

만일 그들이 개혁주의자들 — 콩코드는 여러 종류의 개혁주의자들로 차 있었다. — 에 대하여 토론하면 도로우는 그들 가운데 누구도 신뢰하지 않는다고 말했다. 하느님은 인기를 끄는 사회 운동에 동조하지 않는다고 잘라 말하는 것이었다. 그들이 정치에 관하여 말을 할 적이면 도로우는 어떻게 했는가? 그는 정치도 정치가도 좋아하지 않았다. 그런 문제에 대해서라면 결코 너그럽지도 부드럽지도 않았다.

구태여 정치가가 되지 않고서도 얼마든지 도로우를 불쾌하게 만들 수 있었다. 어느 겨울날 한 사람이 도로우에게 이번 겨울이 지난 해 겨울보다 더 춥다고 생각하느냐 아니면 더 따뜻하다고 생각하느냐를 물었다. 도로우는 그의 얼굴을 들여다보면서 차라리 카스테라 빵에 대하여 호기심을 갖는 게 낫겠다고 생각하였다. 상대방이 몇 마디 더 이야기를 나누려고 했지만, 도로우는 그에게 짧은 대꾸도 없이 그 자리를 떠나 버렸다.

도로우는 일반 사람들의 지혜를 별로 높이 평가하지 않았다. 그는 대부분의 사람들이 별로 아는 것도 없고 많이 배우려고 하지도 않는다고 생각했다. 도로우는 그렇게 생각했다. 내가 그렇게 생각하는데 왜 그것을 말하면 안 되느냐고 그는 물었다. 그는 좋아하는 것은 좋아했다. 그리고 싫어하는 것은 맹렬하게 싫어했다.

불쾌한 심정을 언제든지 그대로 털어놓았다. 그러나 칭찬하고 싶은 것 역시 감추지 않았다. 어떤 사람의 지혜와 정직성이 인정되면 ─ 그가 시인이든 어부든 간에 ─ 그를 우러러보고 그 사실을 말해 주었다. 여자에 대한 그의 견해는 또 달랐다. 도로우는 여자들을 별로 대수롭게 여기지 않았다. 여자들과 말할 때에는 예절바르게 말하는 것보다 정직하게 말하는 쪽을 택했다. 그러나 역시 자기의 마음에 감명을 주는 정신과 인품의 소유자에게는 그가 여자라 할지라도 존경심을 표하는 데 주저하지 않았다.

그는 메리 무디 에머슨 양을 좋아했고 가끔 그녀를 방문하였다. 그녀는 언제나 의견이 분명했고 그것을 강력하게 표현하였다. 그녀는 무슨 일이 일어나고 있는지, 사상가들이 무엇을 생각하고 있는지를 알고 싶어 했다. 그래서 즐겨 도로우의 말을 들었고 도로우 또한 그녀에게 말해 주는 것을 즐겼다. 에머슨 양은 남성 지식인 사회를 여성 지식인 사회보다 더 좋아하였다. 하루는 수다스런 어느 여자에게, "입 좀 다물고 있어요, 남자들 말 좀 듣고 싶으니까."라고 쏘아붙였다.

도로우의 또 다른 모습이 있다. 농부들과 마음씨 착한 노동자, 그리고 아이들이 알고 있는 도로우의 모습이다. 산책을 하거나 측량 여행을 할 때마다 농부들을 만나면 그는 가던 길을 멈추고 날씨에 대하여, 곡식에 대하여 이야기를 나누었다. 도로우는 농부 친구들을 높이 우러러 보았고 그들과 나눈 이야기들이 일기의 대부분을 차지하였다.

하루는 어느 아일랜드인 농부를 만나 수확고를 알아볼 생각으로 하루에 감자를 얼마나 캘 수 있느냐고 물었다. 그 아일랜드 인은 감자의 수를 헤아려 보지 않았다고 대답하였다. "하루 종일 일을 하면 그걸로 된 거지요." 도로우는 농부의 이 대답이 마음에 들었다. "아일랜드인의 그 단순한 정직성이 나를 즐겁게 했다."고 그날의 일기에 적었다.

도로우는 노인을 특별히 좋아했다. 자주 노인들에 대한 이야기를 하였다. 「한 주간」의 첫머리 부분에 영국에서 건너온 한 노인에 대하여 썼다. 날씨가 맑으면 그 노인은 영국에서 알고 있던 강을 꿈꾸며 콩코드 강에서 낚시질을 하곤 했다. 저녁이 되면 잡은 고기를 가지고 가까운 마을에 있는 지붕이 낮은 자기 집으로 말없이 돌아갔다. 아무도 그를 눈여겨보지 않았고 그를 기억하지 않았지만 도로우는 예외였다.

그런 노인들을 볼 적마다 도로우는 그들이 지니고 있는 강직한 성품을 존경하였다. 그들이 자기네 생각이나 신념을 얘기해주면 도로우는 그들을 더 좋아했다.

도로우는 야생 능금의 모양, 색깔, 맛을 무척 좋아하였다. 집에서 4, 5마일 떨어진 들판에서 야생 능금을 발견하면 반드시 그것을 따서 양쪽 주머니를 가득 채웠다. 그러고는 걸어가면서 이쪽 주머니에서 저쪽 주머니에서 하나씩 번갈아가며 꺼내 먹었다. "몸의 균형을 유지하기 위해서"였다.

10월의 어느 날 그는 브룩스 클라크라는 한 노인을 만났는데 그 노인은 길을 걸으면서 색다른 방법으로 몸의 균형을 이루고 있었다. 한 손에는 도끼를, 다른 손에는 구두를 들고 있었던 것이다. 그런데 그 구두 속에는 능금과 죽은 새 한 마리가 들어 있었다. 도로우와 클라크는 걸음을 멈추고 이야기를 나누었다. 찬바람이 그의 발등 위로 불어오는 데, 노인은 자기가 날개 부러진 새를 발견하여 그것을 죽였다고 말했다. 그는 마치 아이처럼 길을 가면서 이것저것 둘러보고 참견하며 추운 오후의 날씨를 즐기고 있는 것 같았다. 그 노인이 지구상에서 보내게 될 며칠 남지 않은 마지막 세월을 즐기고 있는 것을 보면서 도로우는 기분이 좋았다. "10월의 추운 날씨에도 노인은 숲과 들판에서 무엇인가를 찾아내어 그것들을 집으로 가져가고 있었다. …집에 가면 그것들을 함께 나누고 어떻게 해서 손에 넣게 되

188

었는지를 들어 주는 아내가 있겠지.”

　도로우는 두 번에 걸쳐 에머슨의 집에서 살았다. 그 기간을 합치면 3년의 세월이었다. 도로우의 가족들과 그의 하숙집에서 기거를 했던 몇몇 친구들을 제외하면 도로우를 잘 아는 사람이 별로 없었으나 에머슨 집안의 아이들은 그를 잘 알고 있었다. 자기 부모들 말고는 도로우를 가장 오래 전부터 알고 지냈다고 회상한 에드워즈 왈도 에머슨 박사는 도로우에 대하여 애정이 넘친 기록을 남겼다. 에머슨 박사는 자기 집안의 아이들한테 도로우가 “맏형과 같은 존재”였다고 썼다.

　에드워드 에머슨은 도로우의 젊음이 넘치는 모습과 방으로 들어올 때의 가벼운 발걸음을 기억하고 있었다. 도로우가 들어오면 그와 누이들은 도로우의 무릎에 매달려 이야기를 들려 달라고 졸랐다. 때때로 도로우는 자기의 어렸을 적 이야기를 들려주었다. 또 자기가 본 동물이나 곤충에 대한 이야기를 들려주기도 했다. 그의 이야기는 언제나 재미있었다. 게다가 도로우는 자기가 어렸을 때 삼촌이 보여주었던 마술을 그대로 보여주기도 했다.

　에머슨 집안의 아이들이 성장하자 도로우는 그들에게, 숲과 들판에 대하여 그리고 야영 생활에 대하여 가르쳐 주었다. 때로는 심각하고 말이 없기도 했지만 함께 걷거나 배를 탈 때면 명랑하게 노래를 부르기도 했다.

　엘렌 에머슨이 열 살이 되어 아주머니와 아저씨 집에 가 있을 때 도로우는 그녀에게 편지를 썼다. 그는 집을 떠난 사람의 고독이 어떤 것인지를 알고 있었다. 에드워드는 다섯 살 되던 생일에 낚싯대를 선물로 받았는데 그것을 마룻바닥 위에서 휘두르자 그의 어머니가 집안에서 낚시질을 하다가는 바늘이 떨어져 나갈 것이라고 했다. 그때는 7월이라 무척 뜨거웠다. 도로우는 그녀에게, 농부들이나 철도 노동자들도 너무 뜨거워 며칠 일을 쉬어야 했다고 일러 주었다.

몇 년 뒤 어느 추운 겨울날 오후 여섯 시쯤 도로우는 에머슨의 집에 있었는데 밖에서 좀 나와 보라는 에드워드의 목소리가 들렸다. 열두 살 된 에드워드가 눈으로 집을 지어놓고 와서 보라는 것이었다. 온 식구가 나와서 길이가 72인치에 너비가 30인치나 되는 눈집을 구경했다. 에드워드가 호롱불을 가지고 눈집 안으로 들어갔다. 불빛이 입구를 통하여 금빛으로 빛나며 새어나왔다. 흰 눈집에서 어둠 속으로 비쳐 나오는 불빛의 묘한 색깔을 보고 모두들 즐거워했다.

에드워드는 눈집 안에서 소리를 질렀는데 그것이 사람들을 놀라게 했다. 목소리가 겨우 들리는 바람에 모두 그가 신음을 하고 있는 줄 알았던 것이다. 한 사람씩 눈집 안으로 들어가 있는 대로 소리를 질러 보았다. 그러나 밖에서는 그 소리가 잘 들리지 않았다. 도로우는 눈 속에 묻힌 사람이 소리를 질러도 이처럼 지나가는 사람의 귀에 잘 들리지 않겠구나 하고 생각했다. 그러나 그런 우울한 생각도 잠시뿐 그들은 저녁 늦게 까지 눈 속에서 웃고 떠들며 신나게 놀았다.

5년 뒤 에드워드 에머슨은 하버드에 입학하기 위하여 집 떠날 준비를 하고 있었다. 아들의 입학을 축하하는 뜻에서 그의 부모는 몇 친구를 저녁에 초대하였다. 챠닝도 초대받은 사람 가운데 하나였다. 그러나 에드워드에게 가장 중요한 사람은 도로우였다. 소년의 마음을 제대로 알아주는 사람은 그뿐이었다. 에드워드는 처음으로 가족과 헤어져 세상 밖을 나서는 참이었다. 도로우는 자기가 처음 콩코드를 떠날 때를 회상하였다. 저녁 식사가 끝난 자리에서 일어설 때 도로우는 에드워드를 문 쪽으로 데리고 갔다. 거기서 도로우는 캠브리지라는 데가 기실 그리 먼 곳도 아니며 하버드를 졸업한 다음 이곳 콩코드에서 얼마든지 살 수 있다고 속삭여 주었다. 그것은 콩코드에서 태어나 콩코드에서만 살아온 에드워드 에머슨으로서는 잊을 수 없는 다정함이었다.

도로우는 음악을 사랑했다. 아주 간단한 음악을 듣고도 매우 즐거워했다. 1857년 1월 15일의 일기에 그는 도대체 음악 속에 무엇이 있기에 듣는 사람의 마음에 그토록 감흥이 일게 하는 것일까 하고 썼다. 너무나도 많은 사람들이 인생을 별 가치가 없다고 생각하며 살아가고, 죽는다는 것에 대한 두려움이 없다면 자살을 할 것이라고 그는 말했다. 그러나 만일 음악을 듣는다면 우리는 아무도 일러 주지 않고 어느 설교가도 설교하지 못한 자신의 인생을 깨닫게 되리라고 했다.

음악을 들을 때 도로우는, 자신의 삶이 죽음이나 슬픔으로 막을 내릴 수 없는 영광스런 것이 되었다고 말했다. 그는 음악이 우리 스스로를 더욱 높은 곳으로 끌어올린다고 믿었다. 음악을 들으면서 눈물을 흘리기도 했다.

도로우는 에머슨이 생각했던 것처럼 그렇게 감정이 무딘 사람은 아니었다. 어느 겨울날 그는 털모자를 쓴 소년을 보고 그 모습에 반해 버렸다. 도로우는 아이들을 사랑했다. 그리고 그 사랑을 자신의 독특한 방법으로 표현하였다. 1860년 2월 28일 일기에는 거리에서 마못 가죽으로 만든 모자를 쓴 작은 소년을 만난 이야기가 기록되어 있다. 그 소년의 모자는 아버지가 써도 될 만큼 컸다. 그 마못 가죽으로 만든 모자가 도로우에게는 "마못이 모자를 쓰고 걸어가는 것처럼 멋있어" 보였다. 소년은 자기가 어떤 모자를 썼는지도 모르면서 행복하게 털모자를 쓰고 걸어갔다. 그의 검은 눈동자는 커다란 모자 밑에서, '마치 마못의 눈동자처럼' 빛나고 있었다.

그 작은 소년과 털모자를 보고 얼마나 기분이 좋았는지를 도로우는 생생하게 기록해 놓고 있다.

헨리 도로우는 감정 표현이나 태도에 있어서 다른 사람들과 다른 점이 많았다. 그는 스스로 잘났다고 우쭐대는 사람들을 보면 불쾌했다.

자기와 지식수준이 같은 사람들에게는 날카롭게 입바른 소리를 했지만 농부나 나무꾼에게는 존경심을 나타냈다. 그는 단순하고 신사적이었다. 특히 아이들에게는 친절하고 온순했다. 도로우는 거짓에 대한 혐오감과 불의에 대한 분노 그리고 자부심을 감추지 않았다. 그는 자기가 알고 있는 보잘 것 없는 사람들에 대한 다사로운 애정을 감출 수가 없었다.

그러나 그가 끝내 감춰둔 것들도 있었다. 그 누구도 알 수 없고, 알지 못할 자기만의 인생이 있다고 도로우는 가끔 말했다. 「월든」에는 다음과 같은 아름다운 구절이 있다. "나는 오래 전에 사냥개 한 마리와 갈색 말 한 마리 그리고 산비둘기 한 마리를 잃어버렸는데 지금도 그것들의 발자취를 따라가고 있는 중이다. 많은 사람들이 그들을 부르는 소리에 귀를 기울이고 발자취를 남기며 나그네 길을 가고 있다. 나는 사냥개와…… 말의 울음소리를 들었다는 사람을 한둘 만났다. 그들은 비둘기가 구름 뒤로 사라지는 것을 보았다고도 했다. 그들은 그것들을 자기네가 잃어버리기나 한 듯이 도로 찾으려고 애를 태우는 것 같았다."

많은 사람이 이 대목을 잃고 어리둥절했다. 에머슨은, 도로우가 얘기하고 싶지 않은 어떤 경험을 숨기고 있는 것이라고 생각했다. 어떤 평자들은 여기 나오는 동물이 도로우의 형인 존과 친구인 에드문드 그리고 엘렌 스월이라고 했다. 평론가 프랭클린 샌본은 이 문장을, 도로우의 완전한 시간에 대한 관념을 표현한 것이라고 보았다. 세계가 젊고 모든 것이 아름다운 때의 시간을 이야기체로 말한 것이라고 설명했다.

「월든」에 이 글을 쓸 때 도로우는 자신의 특별한 경험을 썼을 뿐만 아니라 모든 사람이 더불어 겪는 경험을 썼던 것이다. 도로우처럼 많은 사람들이 어느 때 어떤 장소에서 맛보았다가 지금은 잃어버린 즐거움에 대하여 추억을 간직할 수 있다. 그들은 젊은 시절에 알았던 그 아름다움과 기쁨을 다시 찾으려고 노력한다. 그들은 이것들을 찾는 데 남모르는 세월을 바친다. 그리고 현명한 이들은 결코 다시 찾지 못할지도 모르는 그 보물 못지않게 찾는 행위 자체도 귀한 것임을 알게 된다. 이런 생각은 윌리엄 워즈워드, 알프렛 테니슨, T.S 엘리오트의 시에 거듭거듭 표현되어 있다.

도로우는 끊임없이 이 상실에 대하여 아쉬워했고 끊임없이 그것을 찾아 헤맸다. 그는 자주, 잃어버린 기쁨을 다시 찾을 수 없는 데 대한 슬픔을 일기에 적어 놓고 있다. 도로우는 자기만이 찾아 헤매는 것은 아님을 알고 있었다. 다른 사람들도 그런 상실을 경험하였고 그래서 그것들을 찾고 있다는 사실을 그는 알았다. "많은 사람들이 그들을 부르는 소리에 귀를 기울이며 ……나그네 길을 가고 있다 …… 그들은 그것들을 자기네가 잃어버리기라도 한 듯이 도로 찾으려고 애를 태우는 것 같다." ✽

14.
상처 입은 노예폐지론자

도로우는 미국 정부와 딱 한 번 공개적으로 부딪친 적이 있었다. 1846년, 자기가 인정할 수 없는 정책을 실천하는 정부에 세금을 내는 대신 감옥으로 갔을 때였다. 그는 「시민 불복종」에서 그 이유와 자신의 원리들을 밝혔다. 도로우는 자기가 삶의 원칙을 어떠한 가치에 두고 세우는지에 대하여 1854년에 강연한 '원리 없는 생활'에서 말했다.

'원리 없는 생활'에서 그는 비즈니스(business)의 결점을 들추어냈다. 온종일 뛰고 뛰어도 끝이 없는 일이라는 뜻에서 그는 '비지네스'(busyness, 분주 다망)라고 불렀다. 그 대부분의 사업이라는 것이 결국은 아무데로도 이끌지 못하는 쓸모없는 행동이라고 생각했다. 그것은 시간낭비일 뿐이었다. 이런 종류의 사업이야말로, 시나 사상 그리고 인생 자체에 정면으로 반(反)하는 것이라고 그는 믿었다.

사업이라는 것은 반드시 그 보상을 받는다고 할 수도 없다. 사업하는 사람이 틀림없이 부자가 되는 것은 아니다. 도로우는 백 명의 상인들 가운데 아흔 아홉이 실패한다고 주장했다. 그보다 더 고약한 것은 사람이 손에 잡을 수 있는 것만 위해서 일을 한다는 점이다. 그들은 마음에 드는 좋은 일을 하기 위하여 사업을 하지는 않았다. 다만 사업을 위하여 사업을 할 뿐이었다. 그리하여 그들은 사업의 노예가 되었고 도로우는 어떤 형태의 노예도 거부했다.

일생에 걸쳐 도로우는 정치나 정치가들에게 흥미가 없었다. 그는 정부에 대하여 관심이 없었고 정부도 그에게 간섭하지 않기를 바랐다. 그러나 사정은 도로우로 하여금 그런 태도를 바꾸지 않을 수 없게끔 만들었다. 그리하여 다시 한 번 도로우는 정부 뿐 아니라 당시의 대다수 사람들과 맞서서 싸우게 되었다.

1857년 노예 폐지론자였던 프랭클린 샌본이 도로우에게 한 사람을 소개하였다. 샌본의 소개장을 가지고 그를 찾아온 사람은 존 브라운이었다.

코넥티커트 출신인 존 브라운은 오하이오 주의 중서부 지방에서 성장했다. 그는 여러 곳에서 측량사로 일했다. 결혼하여 자녀를 스물이나 두었다. 그는 노예제도를 반대하여 노예 폐지론자가 되었다. 1855년, 그의 다섯 아들은 캔사스 주를 노예 없는 자유주로 만들기 위한 싸움에 참전하기 위해 캔사스로 갔다. 그들은 아버지에게 도움을 요청하는 글을 써 보냈다. 존 브라운은 마차에 총을 가득 싣고 캔사스로 가서 그들을 만났다.

브라운은 자기가 노예 해방을 위해 하느님의 선택을 받은 사람이라고 확신하였다.

그는 무장한 무리의 대장이 되어 아들들과 함께 캔사스에서 싸웠다. 어느 날 그들은 노예를 소유하고 있던 사람 다섯을 죽였다. 다른 싸움에서 브라운의 아들 하나가 사망했다. 브라운은 자금을 마련하러 동부로 갔다. 다시 캔사스로 돌아온 그는 자신의 소규모 군대를 조직하였다. 그는 이제 위험인물이 되어 있었다. 미조리 주와 연방 정부에서는 그를 체포하는 자에게 상금을 주겠다고 했다. 브라운과 그의 부하들은 몸을 숨겼다. 그들의 생각에 동조하는 사람들이 그들을 보호해 주었다. 브라운은 자금을 더 마련하기 위하여 다시 동부로 갔다. 그는 1859년 콩코드에서 강연을 하였다.

그해 이른 여름 브라운은 웨스트버지니아 주의 하퍼스 페리 마을 가까운 한 농장에서 살고 있었다. 그는 그 농장을 군대 조직을 위한 장소로 이용하였다. 1859년 10월 16일 브라운과 부하 21명은 연방 정부가 무기를 보관해 놓은 한 건물을 점령하였다.

연방 정부의 군대가 그의 도피로를 봉쇄하였다. 그날 밤 브라운은 하퍼스 페리에서 포위되었다. 그는 지휘관이었던 로버트 E. 리에게 항복하기를 거절하였다. 군인들은 새벽에 공격을 개시하였다. 브라운은 상처 입은 몸으로 다른 부하 곁에서 끝까지 싸웠다. 마침내 다른 네 부하와 함께 그는 체포되었다. 브라운은 찰스 타운의 감옥에 갇혔다. 재판 결과 사형 언도였다.

신문마다 브라운 투옥 기사가 지면을 채우고 있었다. 모두들 브라운은 미쳤고 그 엉뚱한 행동이 이를 증명한다고 떠들어댔다. 브라운은 재판을 받는 도중 위엄 있게 행동을 했고, 자기가 노예 해방을 위해 하느님의 선택을 받은 사람이라고 거듭 말했다. 그래서 사람들은 더욱 자신 있게 브라운이 미쳤다고 주장했다. 노예를 부리고 있는 남부 사람들은 물론 북부의 사람들도 브라운은 죽여야 한다고 말했다.

헨리 도로우는 충격을 받았다. 만일 그것이 광기(狂氣)라면 그는 광기를 믿었다. 한 선한 인간이 사회의 나쁜 환경에 반대하여 싸웠다. 영웅은 영웅답게 행동하였고 정부가 이제 그에게 할 수 있는 일은 그를 죽이는 것뿐이었다.

친구들의 충고를 뿌리치고 도로우는 다시 한 번 자기가 진실이라고 생각하는 바를 주장하고 나섰다. 그는 자기 말에 귀를 기울이라고 소리쳤다. 노예제도를 반대하던 다른 사람들은 침묵만 지켰다. 도로우는 행동할 준비가 되어 있었다. 곧장 콩코드의 교회로 가서 거기 모인 사람들에게 말했다. 그는 브라운을 옹호하였다.

도로우는 존 브라운을 렉싱톤과 콩코드에서 영국 군대를 상대로 싸웠던 농부들에 비교하였다. 그는 브라운이야말로 원리에 입각해서 사는 사람이고 그의 적들조차 인정하듯이 가장 용감한 사람이라고 말했다. 이 사람은 자기 자신의 이익이나 소득을 위해서 일하지 않았다.—고 도로우는 주장했다. 그는 자기가 옳다고 생각하는 바를 위하여, 인간의 자유와 독립을 위하여 싸웠던 것이다.

이것이야말로 도로우가 이해할 수 있는 인간의 이해할 수 있는 사상이요 행동이었다. 그는 옳은 일을 위하여 자기 생명을 바쳤다. 존 브라운은 불의한 인간의 법에 순종하지 않고 맞서 싸웠다고, 도로우는 주장했다. 그는 자기가 존 브라운과 같은 시대에 살고 있는 것을 행복으로 여긴다고 말했다.

도로우는 이 악마적 현실에 대하여 북부 사람들도 남부 사람들 못지않게 비난받을 짓을 하고 있다고 힐난했다. 법 때문이라는 명목으로 북부 사람들은 도망친 노예들을 잡아 다시 돌려보냈던 것이다. 그들은 노예제도가 나쁘다고 말은 하면서도 행동할 용기가 없었다. 도로우는 정부에 대하여도 말을 서슴지 않았다. 정부가 국민을 대표한다고 주장하지만 노예를 인정하는 정부는 국민의 뜻을 대신한다고 볼 수 없다는 것이었다. 그는 계속했다. "내가 인정할 수 있는 유일한 정부는…… 이 땅에 정의를 세우는 힘이다. 불의를 세우는 힘은 결코 아니다."

콩코드에서 일단 자기의 생각을 발표한 다음 도로우는 해리슨 블레이크에게 매사추세츠, 오체스터 시에서 연설을 할 수 있도록 주선할 것을 부탁했다. 도로우는 오체스터와 보스턴에서 자신의 주장을 되풀이하였다.

도로우는 여행에서 돌아오는 길로 올코트와 저녁 식사를 함께 했다. 그는 다시 브라운의 용감한 행동을 칭찬하였다. 올코트는 도로우의 성격이 브라운의 성격과 매우 비슷한 것을 깨닫게 되었다. 그러나 그들이 서로 나누어 가진 것은 성격뿐만이 아니었다.

브라운은 도로우의 시민 불복종 법칙에 복종하였다. 그는 몇 년 전 도로우가 노예제도를 용납하는 정부에 반대하여 행동으로 보여주었던 것을 그대로 실천에 옮겼다. 브라운 역시, 인간에게는 불의한 법에 불순종할 도덕적 권리가 있다고 확신하였다. 그는 인간에게 자신의 도덕적 원리에 따라 행동할 권리가 있다는 논리를 실천에 옮겼던 것이다.

사형 선고를 받은 브라운은 도로우와 다른 사람들의 구명 운동에도 불구하고 1859년 12월 2일 처형되었다. 도로우는 '존 브라운의 마지막 며칠' 이라는 글을 써서 브라운의 친구들에게 보냈다. 그는 그 글을 그의 영웅인 존 브라운의 무덤 곁에서 큰 소리로 읽어 달라고 부탁하였다. ✿

15.
우리들의 영원한 친구

    도로우가 쓴 원고는 쌓여져 갔다. 그는 어렸을 적부터 관심이 깊었던 인디언들에 관한 책을 쓸 계획이었다. 인디언들의 유물도 많이 수집해 두었고 메인 주에서 만났던 인디언들과의 경험도 모두 기록해 두었다. 기록을 바탕으로 해서 책을 쓸 생각이었다.

    또 그는 콩코드의 자연사(自然史)도 책으로 쓰고 싶었다. 그것은 바위들, 나무들, 꽃과 수풀 그리고 땅의 역사가 될 것이다. 그것은 그가 평생토록 관찰한 것이었다. 도로우 아니면 그 누구도 그런 책을 쓸 수 없었다.

    그의 가장 위대한 작품은 뭐니 뭐니 해도 그의 일기였다. 30권이나 되는 그의 자필 일기는 완벽한 기록이었다. 그것은 그의 진짜 책이었다. 그의 삶 자체인 책이었다. 그는 자신의 일기를 강연과 에세이 등으로 나누어 내는 것보다 모두 한꺼번에 내는 것이 좋겠다고 생각했다. 도로우는 화가가 그림을 손질하듯이 자신의 일기를 쓰고 고치고 다시 손질하였다.

도로우는 할 일이 많았다. 다른 사람들처럼 그도 그 일을 하기 위해 시간이 필요하다고 생각하였다. 그는 산보하다가 썼고 야영하는 도중에 썼고 연필을 만들다가 썼다. 그의 성품은 한결 같았고 언제나처럼 쓰는 즐거움을 마음껏 맛보았다. 그는 자기가 너무 사실에 관심을 쏟아 시적인 부분이 약해질까 봐 염려하였다. 그러면서도 사실을 탐색하는 일을 중단하지는 않았다.

1860년 11월 그는 벌목된 나무의 나이테를 헤아려 보기 위하여 눈 쌓인 숲으로 들어갔다. 콩코드의 자연사를 쓰기 위해 나무들의 나이를 알아 두어야 했던 것이다.

지금까지 그는 어떤 기후에도 외출을 할 수 있었다. 그래서 이번에도 별다른 준비를 하지 않았다. 그러나 습기와 추위 때문에 감기가 들고 말았다. 코넥티커트의 워터베리로 강연 여행을 갔을 때 그는 상당히 불편한 몸이었다. 돌아왔을 때는 몸이 더 악화되어 있었다. 그래서 1860~61년의 겨울을 대부분 집에서 보내야만 했다. 매일 하던 산책도 중단하지 않으면 안 되었고 산책을 할 수 없을 때는 집필도 할 수 없었다. 날씨는 차츰 따뜻해졌지만 그의 건강은 더 나빠졌다. 이내 도로우가, 형인 존의 목숨을 앗아간 결핵으로 앓고 있음이 알려졌다.

도로우는 그 사실을 받아들이려 하지 않았다. 1861년 3월 22일 한 친구에게 보낸 편지에서, 자기의 건강은 그리 나쁜 편이 아니며 그 때문에 조금도 의기소침하지 않는다고 했다. 그는 그저 집안에 갇혀 있을 뿐이었다.

그러나 그의 몸은 더욱 나빠졌다. 말하는 것도 힘들었다. 의사는 환경과 기후가 다른 곳에서 요양할 것을 권면하였다. 남유럽이나 서인도가 좋겠다고 했다. 도로우는 경비와 시간이 너무 많이 든다는 이유로 유럽행을 거절하고 서인도는 습기 찬 열기 때문에 거절하였다. 그는 결국 미국의 서부 지역으로 갈 것을 결심하였다.

전에 늘 동행하던 친구들 가운데 함께 갈 수 있는 사람이 없었고, 도로우는 혼자서 갈 수 없는 형편이었다. 그래서 도로우는 유명한 교육자의 아들인 젊은 호레이스 만과 여행을 떠났다. 그들은 나이아가라 폭포와 디트로이트, 시카고를 방문하였다. 그 다음 미네소타에서 3주간 머물렀다. 도로우에게는 콩코드 강과 비교도 안될 만큼 큰 미시시피 강을 본 것이 굉장한 감명이었다. 그는 새로운 것을 많이 보았고 전 같으면 흥분해 마지않았을 것들도 많이 보았다. 그러나 몸이 너무 약해서 모두 자세히 볼 수가 없었다.

1861년 7월, 도로우는 콩코드로 돌아왔다. 여행은 그를 건강하게 하기는커녕 오히려 더욱 피곤하게 했고 약하게 했다. 조금도 더 좋아진 것을 느낄 수 없었다. 너무 오랫동안 아팠기 때문에 이제는 건강한 몸이 어떤 것인지를 잊어버릴 정도라고 말하기도 했다. 건강이 좋아지지 않으면, 몸에 좋은 기후를 찾아 다시 여행을 해야 할 지경이었다.

도로우의 숲속 생활은 이제 끝이 났다. 그는 더 이상 산보도 못하고, 배를 타거나 야영을 할 수도 없으리라는 것을 알고 있었다. 작가로서의 인생도 끝이 났다. 이미 써놓은 글을 손질하고 편집하는 일은 했지만 새로 쓰는 일은 불가능했다.

도로우는 죽어가고 있었다. 그의 가족과 친구들은 알고 있었다. 그도 또한 알았다. 얼마 가지 않아 소피아가 그의 편지를 대필해야 하게 되었다. 소피아는 「월든」과 「한 주간」을 두 번, 세 번 읽었다는 어느 젊은 숭배자에게도 답장을 보내야 했다. 그는 도로우가 앓고 있다는 말을 들었을 때 자신의 아주 오랜 친구가 병든 것처럼 충격을 받았다고 편지를 보내왔다. 도로우는 소피아의 손을 빌려 답장을 써 보냈다. "나는 이제 몇 달 더 못살 것 같소. 그러나 물론 나는 그 남은 삶에 대하여 아무것도 알지 못하오. 다만 지금 이 순간 그 어느 때나 마찬가지로 나의 삶을 즐기고 있다는 말을 덧붙여야겠고……."

도로우가 과연 그 어느 때나 마찬가지로 삶을 즐기고 있었는지는 의심스럽다. 1862년 1월 10일, 올코트는 도로우가 날마다 약해지고 있다고 썼다. 그는 도로우가 잠도 자고 음식도 먹고 약간의 독서도 하며 친구를 만나는 것도 즐겼지만 그러나 말하는 것을 매우 힘들어한다고 덧붙였다.

그의 친구들은 슬펐다. 도로우도 슬펐는지 모르겠으나 그것을 전혀 내색하지는 않았다. 육신의 힘이 그를 떠났다. 그러나 의지의 힘은 여전히 그에게 머물러 있었다. 그는 생명을 받아들였듯이 죽음을 받아들였다. 그리고 죽음의 나쁜 점과 좋은 점을 모두 알아보기로 작정한 것 같았다.

그는 그가 할 수 있는 만큼 오래 그리고 열심히 일을 했다. 그는 메인에서 겪은 모험담을 잡지에 내기 위하여 준비하고 있었다. 병이 일을 중단할 핑계는 될 수 없다고 생각했다. 가족들에게는 건강한 사람에게나 병든 사람에게나 마찬가지로 일이 필요하다고 말했다. 떨리는 손으로 원고지와 연필을 잡고 더 이상 쓸 수 없을 때까지 썼다.

도로우는 식탁에 앉을 수 있을 때까지는 식구들과 함께 식사를 했다. 가족과 함께 음식을 먹는 것이 행복이라고 그는 말했다. 침실 계단을 더 이상 올라가지 못하게 되자 손수 만든 작은 침대를 윗 층에 있는 작업실에서 가족들이 이야기하고 글을 읽는 방으로 옮겼다.

거기서 그는 숱한 내방객들을 맞았다. 콩코드는, 마을의 정원사요 측량사며 연설가로서 짧은 생애를 콩코드와 시골 산천을 사랑하는 데 바친 도로우에게 애정을 표시하였다. 이웃 사람들이 그에게 꽃과 열매들을 가져다주었다. 아이들은 마지막 순간까지 아이들의 친구였던 그를 만나러 왔다. 가족들이 잘 알지도 못하는 사람들한테서 선물이 배달되었다. 도로우는 자기가 이토록 많은 사랑을 받고는 세상을 떠나야 할 것이라고 말했다. "나는 친구들에게 보답할 수 없게 되었다."

전 같으면 퉁명스럽게 대꾸했을 말을 듣고도 이제는 부드럽게 대답하였다. 근심스런 표정으로 그의 고모가 "헨리, 하느님과는 화해했냐?"하고 물었을 때에 도로우의 대답은, "전에 하느님과 다툰 기억이 없어요 고모!"였다.

또 누군가가 내세(來世)에 대하여 말을 하자 도로우는 "한 때에 한 세상이지."라고 대꾸했다.

한 친구가 그를 위로하려고 사람은 모두 죽는다고 말했다. 도로우에게는 그런 위로가 필요 없었다. 그는 아주 어렸을 적에 자기가 죽어야만 한다는 것을 깨달았으므로 지금 새삼스레 겁나거나 고통스럽지는 않다고 말했다.

도로우는 한 번도 더 오래 살고 싶다고 말한 적이 없었다. 그러나 그는 한없이 걷고 이야기하고 쓰고 또 정원에서 일하고 싶어 했다.

1862년 5월 6일 이른 아침, 한 친구가 금방 꺾은 꽃 몇 송이를 가져다주었다. 아침 7시, 도로우는 침대에 가만히 누워 있을 수가 없었다. 그는 모친과 누이들이 침대 곁을 지켰다. 9시, 호흡이 차츰 희미해지더니 이내 숨이 멎었다.

도로우는 콩코드에 묻혔다. 앨러리 챠닝이 몇 줄의 시를 그의 무덤에 바쳤다. 도로우를 사랑했던 에머슨이 무덤 곁에서 조사를 했다. 그는 이 나라가 아직도 "얼마나 위대한 아들을 잃었는지" 모르고 있다고 말했다.

도로우보다 14년 연장인 에머슨은 20년을 더 살았다. 18년 연장인 올코드는 25년을 더 살았다. 1년 반 연하인 챠닝은 1901년까지 살았다.

에머슨, 챠닝, 해리슨 블레이크는 헨리 도로우가 끝마치지 못한 편집 일을 소피아가 마칠 수 있도록 도왔다. 원고는 많이 있었다. 에머슨은 처음으로 도로우의 일기를 읽을 수 있었다. 「월든」이나 「한 주간」에서 읽을 수 없었던 인간 도로우의 모습을 발견하게 되었다. 그것은 도로우가 가장 가까운 친구들에게조차 숨기고 있던 모습이었다. 에머슨은 자기가 생각하지도 못했던 도로우의 풍부한 감정을 발견하고 큰 감명을 받았다.

도로우에 대한 에머슨의 회상기가 그해 한 잡지에 발표되었다. 도로우가 썼던 에세이들도 그해에 출판되었다. 챠닝이 소피아를 도와 그의 일기를 편집, 4권의 책으로 출판되었다. 「소풍」(1863), 「메인의 숲」(1864), 「코드 만」(1865), 그리고 「캐나다의 양키」(1866)라는 제목이었다. 에머슨이 처음으로 도로우의 편지를 엮어 1865년에 출판하였다.

도로우가 살아 있을 때 출판된 책은 「한 주간」과 「월든」뿐이었다. 그가 죽자 매년 새로운 책이 나오기 시작했다. 그는 점차 유명해졌다. 1873년 챠닝이 처음으로 도로우의 전기(傳記)를 출판했다. 도로우의 생애에 있었던 여러 가지 일화들을 많이 수록한 값진 책이다. 그러나 도로우가 그토록 싫어했던 챠닝의 문장 스타일 때문에 읽기는 따분했다. 그런데도 친구에 대한 애틋한 사랑과 존경심이 책의 갈피마다 스며들어 있었다.

전기가 나오기 전에, 도로우에게 덜 우호적이던 비평가들도 그에 관한 글을 썼다. 그의 영향력이 너무나도 커서 무시할 수가 없었던 것이다. 도로우는 적들을 친구로 만들었다. ✤

16.
용기 있는 자유인

　하버드에는 헨리 데이빗 도로우를 좋아하지 않는 작가들과 비평가들이 있었다. 그들은 스스로를 괜찮은 작가라고 생각했고 또 사실 그랬다. 그들에게 있어서 도로우는 그들이 섬세하게 다듬어 놓은 문학 세계에 나타난 거친 시골 농부 같았다. 그들이 콩코드의 작가로 인정한 사람은 에머슨뿐이었다. 그들은 도로우가 가끔 하버드와 교수들에 대하여 마뜩찮게 발언한 것을 잊지 않았다.

　한번은 에머슨과 이야기를 하던 중 하버드의 교수법을 나무에 비교하여 말한 적이 있었다. 도로우는 하버드가 모든 가지들을 가르치면서 뿌리에 대해서는 전혀 가르치지 않는다고 말했다. 「한 주간」에서 그는 많은 선생들이 단순히 지식 정보를 얻는 데 만족하고 있다고 주장했다.

　캠브리지의 일반적 견해는 도로우가 예절바른 사회에서 제대로 처신할 줄을 몰랐고 따라서 그의 책들도 별 가치가 없다고 보았던 것 같다. 사실 도로우는 그들이 이룩해놓은 예절바른 규범과 절차를 따라 글을 쓰지는 않았다. 참나무는 참나무라고 했고 바보는 바보라고 했을 뿐이다. 그는 자기 생각을 그대로 말했다. 그의 단어에는 힘이 있었고 그의 재치는 싱싱했다. 그것은 당시에 통용되던 문장 형식이 아니었다.

하버드의 교수였던 올리버 웬델 홈즈는 에머슨의 전기(傳記)에서 도로우에 대하여 언급했는데, 그가 반은 하버드 학생이고 반은 인디언이었다고 했다. 그가 본 도로우는 예절바르거나 사교적인 사람은 아니었다.

또 다른 하버드 교수, 제임스 러셀 로우웰은 헨리 도로우를 싫어했다. 그가 대학에 있는 동안에는 싫어했고 졸업한 뒤 콩코드로 살러 산 것을 어리석은 짓이라고 생각했다. 그는 '비평가들을 위한 우화'라는 글에서 도로우를 혹독하게 깎아내렸다. 나중에 로우웰은 월간 『대서양』이라는 잡지의 편집장으로 있을 때 도로우에게 메인 주에 대한 에세이를 청탁했다. 그는 도로우가 보낸 글 가운데 「체선쿡」이라는 제목의 에세이를 선정하여 필자의 허락도 없이 문장을 손질해서 실었다. 도로우가 보았을 때 그것은 상처투성이의 에세이였다. 곧장 로우웰에게 성난 편지를 보냈고 로우웰은 답장을 하지 않았다. 도로우는 로우웰이 편집장으로 있는 동안 그 잡지에 글을 쓰지 않았으며 로우웰은 도로우를 결코 용서하지 않았다.

도로우가 죽은 지 3년 뒤에 로우웰은 도로우에 대한 우호적인 견해를 부수는 것을 유일한 목적으로 삼은 듯한 에세이를 출판하였다. 그는 도로우가 조금이라도 성공을 했다면 그것은 전적으로 에머슨에 의지해서 얻은 것이었다고 주장했다. 도로우는 돈을 벌 줄 모르는 자였고 그래서 마치 돈이 아무 것도 아닌 것처럼 굴었다고도 했다. 또 도로우에게는 상상력도 없고 비평의 능력도 없었다고 썼다. 그는 도로우가 자연에 대한 진짜 관찰자도 아니었다고 주장했다. 나아가서 도로우에게는 유머어 감각도 없었고 사상을 체계화시킬 능력도 없었다고 했다.

로우웰의 공격은 그 소기의 목적을 달성했다. 많은 비평가들이 로우웰의 주장을 자기네 글에서 되풀이하였다. 도로우의 글에서 결점을 찾는 것이 비평가들 사이에 유행처럼 되었다.

로우웰의 공격이 발표된 직후, 도로우의 친구들은 반격에 나섰다. 에드워드 왈도 에머슨 박사는 로우웰의 견해가 바르지 못하며 악의에 차 있다고 썼다. 수년 뒤, 로우웰의 글은 시심(詩心)이나 젊은 마음이라고는 조금도 없는 가슴에서 나온 산물이었다는 세평이 내려졌다.

도로우의 글이 지닌 가치에 대하여는 영국에서도 토론이 계속되었다. 1879년 로버트 루이스 스티븐슨은 『더 콘힐 매거진』에서 로우웰과 같은 내용으로 도로우를 비판하였다. 그는 한술 더 떠서, 도로우의 "얄팍하고 …… 큰 코를 가진 얼굴"이 그가 평범한 마음과 성격의 소유자임을 보여주었다고 했다. 스티븐슨은 또 도로우에게 용기가 부족했다고 주장했다. 도로우는 세상을 두려워했기 때문에 세상의 한 부분이 되기를 거절했다는 것이었다.

알렉산더 재프 박사가 런던의 신문, 『스펙테이터』에 스티븐슨의 주장을 반박하는 글을 썼다. 그는 스티븐슨이 도로우에 대한 사실을 제대로 확인도 하지 않고 글재간을 부리려 했다고 비난하였다. 이어서 재프 박사는 구체적인 사례를 제시하였다. 스티븐슨은 「인간들과 그 저서들에 대한 허물없는 연구」(1882)라는 제목을 단 자신의 에세이집 서문에서 도로우에 대한 평가가 잘못된 것이었음을 인정하지 않을 수 없었다.

이런 부당한 평론들이 터무니없는 것이긴 했지만 그러나 그렇게 오해할 만한 소지는 있었다. 도로우는 일반 사회나 다른 작가들 혹은 문학도들을 즐겁게 해주려는 시도를 조금도 하지 않았다. 당시의 대중적인 유행에 따르는 자들을 즐겁게 하기 위하여 글을 쓰지는 않았다. 그는 자기가 본 대로의 진실을 말하기 위해 글을 썼을 뿐이었다. 그는 솔직하게 썼고 그의 글에는 힘이 있었다. 그것은 당시의 문학 스타일과 너무나도 달랐다. 본인은 미처 몰랐겠지만 그의 생각이나 글 쓰는 태도는 그가 살았던 19세기보다는 오히려 20세기와 더 어울리는 것이었다.

도로우의 저서들은 그가 살아 있을 때보다 지금 더 많이 읽히고 있다. 그의 사상도 그가 살아 있을 때보다 오늘에 와서 더 많이 토론되고 있다. 헨리 도로우가 지금 살아 있다면 이 사실에 대하여 그리 놀라지는 않을 것이다.

그는 자기가 인간과 자연의 중요성에 대하여 생각하고 글을 쓴다는 자의식을 갖고 있었다. 비록 살아 있는 동안에 그다지 대중의 인기를 누리지는 못했다 하더라도 그는 자신의 인생과 작업에 대하여 신뢰하고 있었다. 모든 면에서 실패한 것 같이 보였지만 그는 자신의 능력을 자신하고 있었다. 바로 이 점이 많은 비평가들을 화나게 했을 것이다. 그러나 그의 작업은 비평가들이 기대했던 것보다 훨씬 더 가치 있는 것들이었다.

에머슨과 호레이스 그릴리는 실제적인 일에서 도로우를 도우려고 많은 애를 썼지만 그리 큰 도움을 주지는 못했다. 그것은 도로우 자신 때문이었다. 그는 자기가 원하는 대로 생각하고 행동하기로 작정한 사람이었다. 그들의 조언을 좀처럼 따르려 하지 않았다. 그는 독자들을 즐겁게 해주려는 편집자들의 의도대로 그들의 마음에 들게 글을 써주지는 않았다. 도로우는 편집자들이 진실을 밝혀낼 용기를 가지고 있지 않다고 생각했다. 그들은 안전한 말만 하고 모든 사람이 동의할 글만 펴내려고 한다는 것이었다. 에머슨이나 그릴리를 비롯하여 그를 도와주려고 애쓴 사람들은 별 효과를 거두지 못했다. 그가 무엇인가를 성취했다면 그것은 혼자서 한 것이었다.

물론 그가 죽은 뒤 그에 대하여 내려졌던 몇 가지 잘못된 평가들이 그의 친구들의 글로 해서 수정될 수 있었음은 의심할 나위 없는 사실이다. 그럼에도 불구하고, 도로우의 진실과 그가 쓴 글의 가치를 입증한 것은 도로우 자신이었다.

헨리 도로우의 새로운 책들이 계속 출판되었다. 나올 때마다 새로운 독자들이 늘어났다. 1876년 소피아 도로우는 오빠의 출판되지 않은 원고를 해리슨 블레이크에게 넘겨주고 세상을 떠났다. 블레이크는 도로우의 일기를 정리하여 네 권의 책으로 펴냈다. 1894년에는 F. B. 샌본이 「헨리 데이빗 도로우의 편지들」을 출판했고 1895년에는 샌본과 헨리 S. 솔트가 도로우의 전원시를 수집하여 펴냈다. 1894년, 11권으로 된 「도로우 전집」이 나왔다.

도로우가 자비로 출판한 책이 팔리지 않았다고 출판사에서 저자에게 반송시키던 그런 시절은 지났다. 도로우는 이제 그의 슬픔을 세상에 숨기지 않아도 되었다. 1906년, 그가 살아 있었다면 무척 기뻤을 것이다. 그가 진정 귀중하게 생각했던 일기가 반세기 만에 모두 출판되었던 것이다. 그 속에는 1840년 7월부터 1841년 1월까지 써두었던 노트도 포함되어 있었다. 이로써 도로우의 위대한 저작은 완결을 보았다. ❀

17.
이렇게 사람들은 '도로우의 삶'을 말한다

윌리엄 엘러리 챠닝은 도로우를, 시인이면서 자연을 잘 아는 사람이라고 생각했다. 그러나 에머슨과의 대화에서 그는, 자기의 친구인 도로우를 결코 이해할 수 없었다고 실토하였다. 에머슨은 도로우가 진실을 추구하는 사람이었으나 자신의 감정을 자유롭게 표현하지 않는 성격이었다고 말했다. F. B. 샌본은 나중에 도로우에 대해 전문가가 되었지만 그가 다루었던 주제에 관해서는 별로 아는 바가 없었다. 해리슨 블레이크는 도로우를, 자연을 아는 사람이라고 생각했고, 그의 일기를 편집하면서 그 점을 증명하려고 했다. 콩코드의 농부들은 도로우를 노동자며 측량사라고 생각했다. 그들은 도로우를 좋아했고 자기들과 같은 사람이라고 생각했다. 그러나 여전히 그의 태도나 행동을 이해하지 못할 때가 많았다.

도로우는 이런 식으로 자기를 설명하려는 시도에 대하여 참을 수 없었을 것이다. 그러나 그는 내버려 두었다. 단순한 진리라는 것이 얼마나 사람들을 어리둥절하게 만드는지를 그는 잘 알고 있었다. 그에 관한 진실은 단순했다. 도로우는 자기가 누군지 알고 있었다. 그는 헨리 도로우 이상도 이하도 아니었다. 모든 사람은 마땅히 완전한 자기 자신이어야 한다고 그가 생각했듯이, 그는 완벽한 헨리 도로우였다. 그것이 바로 그가 평생토록 글과 행동으로 사람들에게 말한 바였다. 그는 자신의 본성에 충실한 사람들을 우러러봤다. 메인에서 그의 안내자 노릇을 했던 인디언 조 폴리스는 조 폴리스였다. 월트 휘트만은 어김없는 월트 휘트만이었다. 존 브라운은 다른 누구도 아닌 존 브라운이었다. 이들에 대한 도로우의 존경심은 그들과 맺었던 인간관계에서 우러난 것이었다.

너 자신이 되라. 이것이 그의 한결같은 주장이었다. 네가 지닌 모든 가능성을 충족시키라. 네가 마땅히 행하고 말해야 한다고 확신하는 바를 행하고 말하라. 만일 다른 사람에게 동의할 수 없거든 그렇다고 말하라. 그리고 그 이유를 설명하라. 만일 정부에 동의할 수 없거든 그렇다고 말하라. 그리고 네가 옳다고 생각하는 바에 따라 행하라. 풀과 동물들과 모든 현명한 자들이 그랬듯이, 정직하게 살고 단순하게 생활하라.

도로우는 또한 독립성을 강조했다. 너의 눈으로 보라. 너의 발로 걸어라. 너의 손으로 일하라. 삶을 있는 그대로 만나라. 삶과 하느님 ― 도로우는 이들을 자연 속에서 보았다. ― 은 선하다는 사실을 알라. 너에게 참으로 필요하지 않은 것을 구하지 말라. 그 대신 참으로 최고인 것들 — 숲과 바다와 강, 참나무, 마못, 단순한 인간의 정직성, 좋은 책, 가을의 색깔, 그리고 새벽을 찾아라. 여기에 도로우가 주장한 것이 하나 더 있다. 연필을 만들려거든 좋은 연필을 만들라. 글을 쓰는 작가라면 좋은 글을 쓰라.

도로우의 영향력은 대단했다. 현대생활이 복잡하고 어려워질수록 더 커졌다. 단순하고 정직한 일상생활은 갈수록 찾아보기 힘들어졌다. 쓸모 있고 편리한 것들이 참되고 도덕적인 것들이 차지하고 있던 자리를 빼앗았다.

오늘의 사회는 우리에게 일정한 규정과 법에 따라 살 것을 요구하고 있으며 정부는 도로우의 시대보다 더욱 인간의 삶에 폭넓은 간섭을 하고 있다. 정부의 정책 수립에 따라 개인의 자유는 제한받고 있다. 한 개인이나 단체가 모든 것을 다스리는 전제국가에서는 개인의 차이나 표현의 자유가 전체적으로 한정된다. 민주주의 국가에서도 개인은 갈수록 법과 규정에 따라 살고, 많은 사람들이 생각하는 방식대로 생각할 것을 요구받고 있다.

도로우가 따라서 살았던 가치 규범은 오늘날에 와서 더욱 엉뚱한 것으로 되어 버렸다. 그러나 그럴수록 그 진가(眞價)는 높아지고 있다. 그런 가치들을 추구한 도로우의 작가로서 그리고 사상가로서의 명성은 높아졌다.

도로우의 전기를 쓰기 8년 전에 헨리 시델 캔비는, 도로우를 세계에서 가장 개성적이고 독창적인 인물들 가운데 하나로 보았다. 나중에 다른 책에서 캔비는, 도로우가 다음 시대의 인간들이 싸워야 할 가장 큰 투쟁은 개인과 국가 간의 싸움이라고 생각했다고 주장했다.

도로우가 간디에게 그리고 간디를 통하여 수백만 인도인과 아시아, 아프리카인에게 끼친 영향에 대해서는 앞에서 언급한 바 있다. 러시아의 문호 톨스토이는 도로우의 단순한 생활 이념에 큰 영향을 입었다. 도로우와 마찬가지로 그도, 정부는 신뢰할 것이 못된다고 생각했다. 또한 도로우와 마찬가지로 그는 조직된 교회에 대하여 별 관심이 없는 대신 하느님에 대한 신앙에는 몰두하였다. 톨스토이의 아들은, 도로우의 삶과 이념이 자기 아버지의 그것과 아주 비슷하다고 말했다.

여러 종류의 글 쓰는 사람들이 헨리 데이빗 도로우한테서 진 빚에 대하여 고백하고 있다. 20세기 영국의 작가인 H. M. 톰린슨은 1909년 어느 날 런던을 떠나 남아프리카로 건너가서 아마 존과 마데이라 강을 따라 2천 마일을 여행했다. 그의 여행기 「바다와 밀림」은 어느 정도 명성을 얻었다. 그것은 도로우의 「한 주간」을 방불케 하는 이야기였다. 톰린슨은 유명한 여행기들의 목록에서 「한 주간」을 찾아볼 수 없었던 것을 이상하게 생각했다. 그의 생각에는 「한 주간」이야말로 가장 뛰어난 여행기였기 때문이다. 어느 날 바다에서 톰린슨은 자기가 런던에서 얼마나 멀리 떨어져 왔는가를 계산하다가 갑자기 그런 것을 알아서 무엇 하나 하는 생각이 들었다. 그는 잔지바르에 고양이가 몇 마리 있는지 알아보려고 세계를 한 바퀴 돈들 그 여행은 아무 가치도 없는 것이라고 한 도로우의 말이 생각났다.

톰린슨은 1926년 다른 에세이에서 자신이 도로우에게 진 빚을 새삼 확인했다. 그는 도로우를 비판한 스티븐슨의 글을 읽고 도로우라는 사람을 처음 알게 되었는데 그 글에서 도로우의 결점보다는 오히려 스티븐슨의 결점을 보았다고 말했다. 톰린슨은 다른 어느 작가와 마찬가지로 도로우도 자신의 속생각을 나타낼 적절한 표현 양식을 갖추고 있었다고 주장했다.

그 외에도 도로우에게 빚진 사람들은 많이 있다. 1927년 미국 작가 E. B. 화이트는 「월든」 한 권을 책방에서 샀다. 그 뒤 몇 년 간 주머니에 넣고 다니며 기차에서나 버스에서나 항상 읽고 다시 읽었다. 화이트는 「월든」을 외우다시피하여 간혹 도로우의 말투로 이야기할 때도 있었다. 1939년에 쓴 한 에세이에서 그는 도로우에게 편지를 썼다. 그는 항상 월든 호수를 보고 싶었다고 그 편지에 썼다.

「월든」은 읽기에 위험스런 책이다. 그 책을 읽고 나서 읽기 전의 상태에 그대로 머무를 수 있는 사람은 거의 없다. 그것은 인생의 의미를 찾고자 결심하고 때로 자신의 욕망을 성취하였다고 생각한 사람의 가슴에서 태어난 책이었다.

도로우는 이해하기 힘든 사람이었다. 때로 세계가 그를 괴롭혔다. 때로는 자기 자신 때문에 불행하기도 했다. 도로우는 세계와 친구들에 대하여, 자기 자신에게 대하여 화를 내듯이, 화를 내곤 했다. 그런가 하면 세계와 그 속의 모든 것들이 그에게 행복을 안겨 주기도 했다.

도로우는 저 먼 하늘의 별처럼 침묵할 수 있었다. 그러면서도 길을 걷거나 콩코드의 집에서 친구들과 이야기할 때면 쾌활한 상대방이 될 수도 있었다.

도로우는 에머슨, 올코크, 호돈, 챠닝을 비롯한 지성인들을 친구로 사귀었다. 들판이나 강줄기처럼 그들도 그의 글 쓰는 일에 영향을 끼쳤다. 그들은 어쩌면 마못이나 참나무보다는 더 나은 친구였을 것이다.

왜냐하면 그들은 그의 작업을 칭찬하고 힘과 용기를 불어넣어 주었기 때문이다. 그들이 한 일은 그 이상이었다. 그들은 그의 말에 귀를 기울여 주었다. 도로우는 에머슨처럼 말하는 것을 좋아했다.

그들이 곁에 있고 또 가족도 있었지만 도로우는 때때로 외로웠다. 도로우처럼 사랑과 우정에 배고파보지 않고서는 아무도 그처럼 진한 사랑과 우정의 감정으로 글을 쓸 수 없을 것이다. 아마도 그의 문제점은, 다른 사람들보다 훨씬 더 많은 것을 인생으로부터 얻고자 했던 데 있지 않았을까 생각해본다.

친구들을 사귐에 있어서 또 남다른 재능을 타고남에 있어서도 도로우는 행운아였다. 그는 마음 내키는 대로 침묵을 할 수도 있었고 여러 가지 주제에 관하여 말을 할 수도 있었다. 정원에서 손으로 일을 할 수도 있었고 책을 쓸 수도 있었다. 그는 언제나 분명하고 철저하게 개인이었다.

헨리 데이빗 도로우는 그냥 헨리 데이빗 도로우였다. 바로 이것이 그가 살고 말하고 쓴 그의 비밀이었다. 그러나 그런 단순함을 이루는 데는 여러 가지 다른 조건들이 구비되어야 했다.

외로울 때면 도로우는 밟고 걸어갈 수 있는 낡고 메마른 시골길을 찾았다. 벗이 필요하면 공중을 높이 나는 야생조들과 곁에서 노래하는 작은 새를 찾았다. 그 길에 대해서 도로우는 일기에, "그 길에서 나는 걸을 수 있고 그리하여 잃어버린 아이를 되찾을 수 있다."고 썼다. 내 생각에도 그는 그렇게 했다. ❀

책을 내면서

영어를 배우는 외국인 학생들을 위하여 미국의 어느 출판사가 '사다리총서(Ladder Series)'라는 것을 펴낸 적이 있었다. 그것이 지금도 계속 나오고 있는지는 모르겠다. 광화문 네거리 부근에 있는 어느 외서점에서 '사다리문고'의 하나로 나온 작은 책을 발견하여 흥분 속에서 읽은 것이 20년도 더 전의 일이다. 책 제목이 '목적은 자유롭게 되는 것(The Aim is to Be Free)' 비슷했다.

친구들 몇하고 '선(線)'이라는 동인지(誌)를 조잡한 프린트 물로 펴내던 시절이었다. 거기에 도로우의 '원리 없는 생활'을 번역해서 실었는데 「목적은 자유롭게…」가 바로 그 도로우의 전기였다. 망설일 것도 없이 번역에 손을 댔다.

며칠 만에 거의 단숨에 하듯이 번역작업을 마치고 출판사를 찾아가서 넘겨주었는데 어찌 된 일인지 수년이 지나도록 책으로 되어 나오지 않았다.

그러는 동안 세월이 흘렀고 몇 번 직장을 옮겼고 또 새로운 사람들을 만나고 헤어지고 하느라고 도로우 원고를 까맣게 잊고 있다가 90년 말경에 한 후배가 출판사를 차렸으니 무조건 원고를 내놓으라는 바람에 생각이 나서 그동안 출판사 창고에 먼지를 쓰고 앉아 있던 도로우를 모셔 나오게 되었다.

원서(原書)를 아무리 찾아봐도 찾을 수 없었다. 노란색이 많이 들어 있는 표지그림만 기억에 선명했고 정확한 책 제목도, 물론 저자의 이름도 알 수 없었다. 할 수 없이 저자의 이름도 밝히지 못한 채 그냥 「자유를 생의 목적으로 삼은 사람」이라는 어정쩡한 제목으로 출판했다. 그런데 그 후배의 출판사가 그만 문을 닫게 되었다. 따라서 책도 절판이 되어 시중에서 구할 수 없게 된 것을 이번에 당그래 출판사가 살려 「시민 불복종」이라는 제목으로 펴내게 된 것이다.

문제가 갈수록 심각해지는 요즘, 150년 전에 이미 이렇게 될 것을 내다보며 걱정했던 한 자유사상가의 글을 다시 읽어보는 것은 매우

의미 있는 일이다. 오늘 우리의 문제가 도대체 어디서부터 그릇되기 시작했는지를 그의 글에서 살필 수 있겠기 때문이다.

　도로우는 참된 자연인이요 자유인이었다. 비록 짧은 생애를 스케치하듯이 그려놓은 책이지만 그의 '전기(傳記)'로서는 우리나라에 처음으로 소개되는 것이 아닌가 생각된다. 혹시 독자들 가운데 이 책의 원서를 가지고 계신 분이 있어서 출판사로 연락주신다면 참으로 고맙겠다.

　이 책의 앞부분에 실린 에세이 2편은 모두 동인지 '선(線)'에 옮겨 실었던 것을 이번에 약간 손질을 했다. 역시 원문을 모두 잃어 버려서 꼼꼼하게 대조하며 손질을 할 수 없었던 것이 유감이다. 먼지 속에 묻혀 있던 책을 되살려주신 당그래출판사에 감사한다.

1995년 추석날에
이 현 주

시민 불복종

자유인, 헨리 데이빗 도로우의 생애

1995년 9월 25일 초판 1쇄 발행
2012년 12월 5일 초판 7쇄 발행
2016년 11월 5일 개정판 2쇄 발행

펴낸곳 당그래
지은이   헨리 데이빗 도로우 外
옮긴이   이 현 주
펴낸이   이 춘 호

등록   1989년 7월7일 (301-2005-219)
주소   04627 서울시 중구 퇴계로32길 34-5 1층
전화   (02)2272-6603
팩스   (02)2272-6604
E-MAIL dangre@dangre.co.kr